KB042997

NEW LIFE

뉴 라이프 **2**

초판 1쇄 인쇄일 2014년 11월 26일 | **초판 1쇄 발행일** 2014년 11월 27일

지은이 김연우 | **펴낸이** 곽중열 | **담당편집 팀장** 이범수
편집부 신연제 이윤아 김호성 김은경

펴낸곳 (주)조은세상 | **출판등록** 제 2002-23호
주소 경기도 연천군 미산면 청정로 1355
TEL 편집부 02)587-2966 | FAX 02)587-2922
e-mail bukdu@comics21c.co.kr

ⓒ김연우 2014
ISBN 979-11-5512-830-5 | ISBN 979-11-5512-829-9(set) | 값 8,000원

김연우 현대판타지 장편소설

NEO FUSION FANTASY STORY

2

뉴 라이프
NEW LIFE

북두
(주)좋은세상

CONTENTS

NEO MODERN FANTASY STORY

Scene #10 2학기 겨울방학 … 7

Scene #11 학생회장 선거 준비 … 41

Scene #12 결선(決選) … 75

Scene #13 새로운 시작을 위하여 … 103

Scene #14 졸업식 … 137

Scene #15 명성학원 인터넷사업팀 … 175

Scene #16 첫 여행 … 195

Scene #17 사업 제휴 … 213

Scene #18 교외 오리엔테이션 … 239

Scene #19 한국대학교 새내기의 하루 … 281

NEW
LIFE

NEO MODERN FANTASY STORY

뉴 라이프
NEW LIFE

Scene #10 2학기 겨울방학

NEW LIFE

Scene #10 2학기 겨울방학

12월.

겨울은 소리 없이 찾아왔다.

기말고사도 마찬가지였다. 2학기 기말고사를 무사히 치른 윤우는 석차 공고가 났다는 소식을 듣고는 성진과 게시판으로 향했다.

"어?"

윤우보다 눈이 좋았던 성진이 먼저 성적을 확인하더니 탄성을 질렀다. 윤우도 눈을 좁히며 게시판을 살폈다.

〈1학년 전교 석차〉

1등 – 김윤우(98.5)

2등 – 윤슬아(97.1)

3등 – 엄선웅(96.5)

4등 – 이지인(96.4)

5등 – 조설빈(95.9)

......

......

의외의 일이 벌어졌다.

아무리 찾아도 명단에 이기훈의 이름이 없었던 것이다.

"맨 위에 있던 놈이 어디로 사라진 거야? 설마 20등 안에 못 든 건가?"

"글쎄……."

윤우가 생각에 잠겨있는 사이, 뒤에서 윤슬아의 목소리가 들려왔다.

"마지막 시험 날 결석했다더라. 사고 났다고 하던데."

"아, 그렇군. 어쩐지."

성진은 고개를 끄덕였다. 슬아의 정보 덕에 모든 의구심이 풀렸다.

하지만 윤우는 아니었다.

"사고?"

사내와 기훈과의 관계를 의심하고 있던 윤우는 또 다른 고민에 빠져야 했다. 혹시 다른 사건을 꾸미고 있는 건 아닌가 하는.

그 와중에 성진이 피식 웃으며 말했다.

"그나저나 그놈 성적 팍 떨어져서 어쩐대? 깝죽대더니 꼴좋네. 10년 묵은 체증이 그냥 아주 확 내려가는 느낌이야. 화악."

"그건 우리가 신경 쓸 일은 아니지."

간단히 대꾸한 윤우는 교실 쪽으로 걸음을 옮겼다. 고개를 갸웃한 성진은 윤우의 이름을 부르며 그의 뒤를 쫓았다. 하지만 윤우는 걸음을 멈추지 않았다.

"김윤우."

이번엔 슬아가 윤우의 이름을 불렀다.

그제야 윤우는 멈춰서 뒤돌아섰다. 하지만 대답하지 않은 채 슬아를 바라보기만 했다.

왠지 묻지 않아도 그녀가 무슨 이야기를 할지 예상이 되었다. 그녀라면 분명 성적에 대한 이야기를 할 것이다.

하지만 윤우의 예상은 보기 좋게 빗나갔다.

"이제 곧 겨울 방학인데 선거 계획 세워야지. 공약 준비하려면 낭비할 시간이 없다는 건 너도 잘 알 텐데?"

"그래야지. 안 그래도 수업 시작 전에 너한테 그 이야기하려고 했어."

그녀의 입에서 성적 이야기가 나오지 않은 것은 꽤 의외였다. 이번 기말고사에서 또다시 윤우에게 졌는데도 말이다.

하지만 윤우는 금방 이해했다. 바꿔 말하면, 그만큼 슬아가 성장했다는 이야기였으니까.

"먼저 시간을 맞춰야겠지?"

윤우가 갑작스레 웃자 슬아는 살짝 당황했다. 눈을 크게 깜빡이더니 시선을 왼쪽으로 돌려버린다. 보일 듯 말 듯한 홍조가 그녀의 얼굴에 떠올랐다.

축구 결승전이 있었던 그날 이후로 가끔 이런 반응을 보이곤 했지만, 윤우는 전혀 눈치를 채지 못했다. 겉으로 보기에 아주 미미한 변화였기 때문이다.

"미안한데 내가 겨울방학에는 조금 바쁠 것 같아. 개인적으로 준비하고 있는 게 있거든. 괜찮으면 주말에 볼 수 있을까? 정 안되면 내가 학원 시간을 미루든가 할게."

"뭐, 어쩔 수 없지. 주말에 봐 그럼."

살짝 못마땅한 표정으로 윤우의 앞을 지나치던 슬아가 갑자기 멈춰 섰다. 그러더니 윤우를 돌아본다.

"오해하지는 마. 내가 한가해서 주말에 볼 수 있는 건 아니니까. 나도 약속 미루고 나가려는 거야."

"오해한 적 없어."

윤우는 웃을 수밖에 없었다. 성숙한 그의 눈엔 슬아의 허술한 부분이 고스란히 보였다. 바쁘다면서 센 척 하고 있지만, 실제로는 그렇지 않을 것이다.

하지만 굳이 그 부분을 콕 집어 말해 일을 키울 생각은 없었다.

"그리고 한 가지 제안할 게 있는데."

비스듬히 서 있던 슬아가 완전히 몸을 돌려 윤우를 바라보았다. 어디 한번 말해보라는 의미였다.

"선거 준비를 하려면 선거단을 꾸려야 하는 건 너도 잘 알거야. 성진이를 우리 선거단원으로 넣고 싶은데. 어때?"

"얘를?"

그렇게 되물은 슬아는 날카로운 눈으로 성진을 바라보았다. 아니, 노려봤다고 하는 편이 맞았다. 성진은 물론 슬아가 마음에 들지 않았지만 윤우의 부탁이니 어쩔 수 없이 하겠다고 했다.

성진이가 끼어들었다.

"싫으면 싫다고 얘기해라. 나도 한가한 사람은 아니라서."

"아니, 뭐 딱히…… 마음대로 해."

"그렇게 건성으로 결정하지 말고. 이건 학생회장 선거가 걸린 중요한 문제야. 그러니까 신중히 생각하고 결정해 줘."

"충분히 생각한 거니까 그렇게 해."

윤우는 성진을 힐끗 바라보았다. 그는 어깨를 으쓱하며 난처한 표정을 지었지만, 어쩔 수 없이 슬아에게 손을 내밀었다

"잘 부탁합니다. 부학생회장님."

성진이 느끼한 목소리로 악수를 청하자 슬아의 미간이 좁혀졌다. 하지만 어쩔 수 없이 그의 악수를 받았다. 애처럼 보이고 싶지 않았기 때문이다.

"슬아 넌 추천할 만한 친구 없어? 명종 선배에게 물어보니 선거단은 대여섯 명 정도가 적당하다더라. 그러니까 두어 명 더 필요해."

윤우가 묻자 슬아는 팔짱을 끼며 고개를 슥 돌렸다.

"생각해볼게. 지금은 딱히 떠오르는 애들이 없어."

"그래. 그럼 주말에 만나는 건 성진이랑 같이 시간 정해서 문자할게."

"그러든지."

냉랭하게 대꾸한 슬아는 교실 안으로 들어갔다. 한 고비를 넘긴 윤우도 가볍게 한숨을 쉬더니 그 뒤를 따랐다.

그날 밤, 윤우는 학원에 나갔다. 누구보다 먼저 강의실에 도착해 가방을 내려놓고 다시 로비로 내려갔다.

"안녕하세요, 선생님."

"아, 윤우구나. 오늘도 일찍 왔네?"

"이젠 버릇이 돼서요."

데스크에 앉아 있던 젊은 여직원이 미소를 보였다. 처음엔 사무적인 미소였는데, 이제는 그렇지 않다. 윤우와 제법 친해졌기 때문이다.

"근데 무슨 일이야?"

"원장 선생님 나오셨나요? 교무실에는 안 계신 것 같아서요."

"잠깐 손님 만나러 나가셨어. 금방 들어오실 거야. 왜?"

"드릴 말씀이 있어서요."

"그래? 그럼 원장실에서 잠깐 기다리고 있어."

"들어가도 돼요?"

"후훗. 다른 사람도 아니고 윤우인데 왜 안 되겠어?"

고개를 숙여 인사를 한 윤우는 곧장 원장실로 올라갔다. 곧이어 여직원이 따뜻한 차를 준비해 주었다. 덕분에 처음 명성학원에 왔던 그때가 떠올랐다.

문고리를 쥔 여직원이 나가기 전에 물었다.

"배고프면 과자라도 줄까?"

"아뇨. 괜찮아요. 신경 써 주셔서 감사합니다."

여직원이 나가고 한참 후, 이재환 원장이 바쁜 걸음으로 안으로 들어왔다. 윤우가 마시던 찻잔은 어느새 텅 비어 있었다.

"오래 기다렸나? 업체 미팅이 좀 길어져서 말이야. 그런데 무슨 일이야?"

재환이 친근하게 물어왔다. 그간 사담을 나누며 두 사람의 관계는 제법 가까워진 상태였다.

"긴히 드릴 말씀이 있어서요."

"긴히? 하하, 너 가만 보면 나이에 어울리지 않는 어휘를 가끔 쓸 때가 있단 말이야."

그렇게 농을 던진 재환은 외투를 벗고 소파에 앉았다. 잠시 후 여직원이 차 한 잔을 더 내와 재환 앞에 조심스레 내려놓았다.

그가 차를 음미하는 것을 지켜보던 윤우가 본론을 꺼냈다.

"방학 때 보름 정도 학원을 쉬고 싶은데 괜찮을까요?"

"뭐? 학원을?"

재환은 꽤 놀란 눈치였다. 쥐고 있던 찻잔을 황급히 테이블 위에 내려놓았다.

그럴 만도 했다. 보통 학원을 잘 다니던 학생들이 쉬는 경우는 학원을 옮기거나 끊으려는 목적이 있기 때문이다. 오래도록 사교육에 몸담아 왔던 재환은 좋지 않은 느낌을 받았다.

윤우는 명성학원의 제1호 장학생이었고, 상훈고등학교 1학년 전체 수석이다. 놓치면 손해가 막심해진다. 실제로 윤우 때문에 들어온 신입생들이 꽤 많았다.

윤우를 바라보는 재환의 눈빛이 진지해졌다.

"이유를 묻고 싶은데."

"방학 동안 준비해야 하는 게 있어요. 기한이 12월 말까지라 당분간은 거기에 집중해야 할 것 같아서요."

"준비하는 게 있다고? 전에 대회에서 상 탔다고 들었는데, 또 다른 대회라도 준비하는 건가?"

"아뇨, 그게……."

윤우는 난처한 표정을 지었다. 하지만 그것은 연출된 표정이었다. 애초에 모든 것을 설명할 준비를 끝내 놓은 상황이었다.

윤우는 논문을 써야 한다는 결론부터 이야기했다. 그리고 소진욱 교수를 만났던 이야기와, 자신이 관심을 가지고 연구하던 이야기를 솔직하게 털어놓았다.

처음에 논문을 쓰겠다는 말에 재환은 핑계라고 생각했지만, 윤우의 전문적인 설명이 이어지자 그 말을 믿을 수밖에 없게 되었다.

재환은 턱을 만지작거리며 연신 감탄사를 내뱉는 중이다.

"참, 너란 녀석도 대단하다. 그나저나 내 안목은 역시 정확했어. 널 처음 봤을 때 탁 트인 느낌이 들었었거든. 기억하지? 사고의 틀이 트였다고 말했던 거."

"물론이죠. 제가 근래에 들은 칭찬 중 가장 기억에 남는 칭찬이었으니까요."

"그거 고맙군. 아무튼 나중에 논문 나오면 나도 하나 줘. 수학 전공이라 못 알아먹겠지만 기념으로 하나 가지고 있게."

"그럴게요."

두 사람은 잠시 환담을 나누었고, 수업 시간이 다가오자 윤우는 재환에게 인사를 하고 원장실을 나섰다.

'오해를 하지 않으셔서 다행이네. 이제 좀 편히 논문을 준비할 수 있겠어.'

윤우는 예상보다 성공적인 연말을 보내고 있었다. 축구 대회에서 우승을 했고, 기말고사와 2학기 전체 1등을 차지하면서 1학년을 수석으로 마치게 되었다.

무엇보다도 성진이 선거단에 합류한 것이 큰 힘이 되었다. 슬아가 반대를 할 줄 알았는데 의외로 쉽게 허락을 해 줬다.

'이제 계획을 세우고 준비만 하면 돼. 문제는 공약인데……'

그런 생각을 하며 강의실로 돌아오니 가연과 연아의 모습이 눈에 들어왔다.

두 사람은 오늘도 수다를 떨고 있다. 주로 연아가 말했고, 가연은 고개를 끄덕이며 들어주는 역할을 했다. 두 사람의 성격이 그대로 대화 방식에 드러나 있었다.

"안녕."

윤우가 가볍게 인사하며 자리에 앉자 가연이 고개를 갸웃하며 물었다.

"어디 다녀왔어? 가방만 놓여 있던데."

"잠깐 원장선생님 좀 만나고 왔어. 상담할 게 있었거든."

"상담?"

이번엔 연아가 끼어들었다. 윤우는 고개를 끄덕였다. 언젠가 알게 될 일이었기 때문에 굳이 숨길 필요는 없었다.

"보름 정도 학원 쉬려고."

"학원을? 왜?"

"뭐 좀 준비할 게 있어서."

"뭔데? 왜? 왜?"

오늘따라 집요하게 질문을 던지는 연아였다. 그녀는 궁금한 것을 해결하지 못하면 잠을 이루지 못하는 그런 성미였다.

반면 가연은 웃으며 고개를 끄덕여 주었다. 넓은 이해심을 가진 그녀였다. 이런 배려는 기본이다.

"준비 열심히 해. 응원할게."

"고마워."

"잠깐! 정가연. 그냥 넘어가면 안 돼. 저러다 윤우 학원 그만두면 어쩌려고 그래?"

"윤우는 그런 애 아니야. 학원을 그만두게 되면 솔직하게 얘기해 주겠지."

"너도 참!"

한창 말을 주고받는 두 사람을 뒤로 하고, 자리에 앉은 윤우는 휴대폰을 꺼냈다.

문득 배경화면으로 설정해 놓은 달력에 찍힌 붉은 숫자가 눈에 들어왔다.

12월 25일. 크리스마스.

'바쁘게 지내다 보니 잊고 있었네. 가연이는 그날 약속이 있으려나?'

기억을 떠올려 보아도 나오는 건 없었다. 가연이를 알게 된 것은 대학생이 되었을 때였으니까. 그 전에 그녀가 무엇을 했는지는 거의 알지 못한다.

'한번 확인해 봐야겠는데?'

크리스마스는 그냥 넘어갈 수 없는 특별한 날이었다. 윤우는 이날 분위기를 잘 살려 가연과 특별한 관계로 발전하길 원했다. 친구 사이로는 만족할 수 없었다.

윤우가 판단하기에 그녀는 자신에게 분명한 호감이 있었다. 손을 잡은 이후로 가연이 자신을 바라보는 눈빛이 보다 깊어졌음을 분명히 느꼈다.

적어도 일방적으로 거절당하지는 않을 자신이 있었다.

잠시 후, 연아가 화장실에 가기 위해 강의실을 나섰다. 윤우는 그 기회를 놓치지 않고 가연에게 다가가 조심스레 물었다.

"혹시 크리스마스 때 약속 있어?"

크리스마스라는 말에 가연은 살짝 놀랐다. 하지만 곧 표정을 풀고 고개를 가로 저었다.

"아니. 윤우는?"

"나도."

그 말에 가연은 예쁜 미소를 지었다. 순간 윤우는 짜릿한 기분을 느꼈다. 그 미소가 의미하는 바는 분명했다. 절반은 성공한 것이나 다름없었다.

그렇게 두 사람은 크리스마스에 약속을 잡았다. 물론, 연아는 초대받지 못했다.

일요일 오후 2시.

윤우와 슬아, 그리고 성진은 학교 근처에 있는 카페에 모였다.

분위기가 썩 좋진 않았다. 윤우는 원래 말이 많지 않은 편이었고, 슬아는 뭐가 그리 불만인지 다른 곳을 바라보고만 있다. 성진은 그 사이에 껴서 이도저도 못하고 있었다.

'이거 선거 전까지 버틸 수 있을까?'

그것이 성진의 솔직한 심정이었다.

하지만 성진은 마음을 바로잡았다. 윤우를 도우러 선거단에 들어온 것이다. 분위기 메이커인 자기까지 축 늘어져 있으면 안 된다는 생각이 들었다.

성진은 조용히 손을 말아쥐고 헛기침을 했다.

"흠흠, 왜들 그렇게 조용해? 점심 안 먹고들 나왔어?"

"먹고 왔지. 왜, 배고파?"

"아니. 그런 건 아니고……."

슬아 쪽에선 대답이 없었다. 윤우는 조용히 차를 마시며 창밖을 바라보았다. 왠지 윤우의 여유로운 모습을 보니 성진은 괜히 짜증이 났다.

"뭐, 그럼 슬슬 시작하자고. 이렇게 무의미하게 시간을 버릴 필요는 없잖냐."

"잠깐 기다려. 한 명 더 올 거야."

"뭐? 더 온다고?"

금시초문이었다. 눈을 동그랗게 뜬 성진은 주변을 두리번거렸다. 당연히 이쪽으로 오는 사람은 아무도 없다.

"누군데?"

"마침 저기 오네."

윤우가 턱짓하자 성진의 시선이 그쪽으로 돌아갔다. 밖에서 더플코트를 입은 귀여운 여자아이가 입구 쪽으로 뛰어오고 있었다.

짤랑—

종소리와 함께 문이 열리고, 유나리가 재빨리 일행이 모여 있는 곳으로 달려왔다.

"늦어서 미안!"

"괜찮아. 우리도 온지 얼마 안 됐어."

"응. 슬아도 와 있었네."

나리는 어색하게 웃으며 슬아에게 손 인사를 건넸다. 슬아는 고개를 한번 끄덕이더니 시선을 다른 곳으로 돌린다.

윤우는 성진을 위해 나리도 선거단에 들어오게 됐다고 간단히 설명했다.

"앞으로 잘 부탁해. 열심히 할게!"

나리는 특유의 환한 미소를 지었다. 단지 한 명이 늘었을 뿐인데 모임의 분위기가 완전히 달라졌다. 신기한 일이다.

"그럼 이제 시작하자."

윤우의 말에 각자 가방에서 필기도구를 꺼냈다. 윤우는 필기도구와 복사물 몇 개를 함께 꺼냈다.

"일단 후보자 등록은 방학 전까지. 그리고 선거 유세 기간은 내년 3월 2일부터 9일까지 일주일이야. 선거날은 3월 10일 토요일이고. 그리고 이건 선거 규정을 복사한 건데, 참고삼아 읽어보도록 해."

윤우는 미리 복사해둔 용지를 하나씩 나눠주었다. 대개 당연히 지켜야 하는 조항들이라 굳이 머리를 써서 외울 필요는 없어 보였다.

"그리고 뒷장을 보면 공약을 정리해 둔 게 있어. 지금까지 출마했던 후보자들의 공약을 모아둔 거야."

윤우의 말에 모두가 페이지를 한 장씩 넘겼다.

"호오, 꽤 준비를 해 왔는데?"

성진이 흥미로운 눈으로 그것을 읽어 나갔다. 윤우는 만족스럽게 웃으며 다른 프린트를 나눠주었다.

"그리고 이건 예전부터 내가 구상해 오던 것들을 정리해 놓은 거야. 참고만 하면 돼. 혹시 좋은 아이디어 있으면 바로 얘기해 주고."

윤우가 구상해 온 공약을 대강 정리하면 다음과 같았다.

– 다니고 싶은 학교 만들기 –

1. 옥상 정원

2. 대학생 멘토링

3. 급식실 개선

4. 멀티미디어 박스 도입

5. 축제일 연장(2일 이상으로)

"뭔가 대단해 보인다."

"그러게. 마치 국회의원 선거에 나가는 듯한 느낌인데?"

나리와 성진이 각각 한 마디씩 주고받으며 소감을 밝혔

다. 슬아는 아무 말도 없이 프린트를 읽기만 했다. 중간중간 인상을 쓰는 게 납득이 잘 안 가는 모양이다.

윤우는 조금 설명이 필요할 것이라 판단했다.

"옥상 정원은 지금 방치되어 있는 공간을 개조해서 정원으로 가꾸는 거야. 조금 거창하게 표현되어 있지만 대충 휴식 공간이라고 생각하면 돼."

"그런데 멘토링은 뭐냐? 처음 듣는 말인데."

"우리들은 진학이나 취업에 대해 고민이 많을 나이잖아? 인근 대학과 협력관계를 맺어 대학생들에게 방과 후나 주말에 좋은 이야기를 듣거나 도움을 받는 거지. 일대일 상담도 받고."

"제법 그럴싸하네."

성진은 마음에 들었는지 씨익 웃었다. 나리도 고개를 끄덕거렸다.

"멀티미디어 박스는?"

"대형TV, 비디오, 컴퓨터 등의 멀티미디어 장비가 들어가 있는 거야. 학습보조 용도로 쓸 수 있어. 가끔 비디오도 볼 수 있고."

"오오."

하지만 유일하게 마음에 들어 하지 않는 사람이 하나 있었다. 냉철한 눈으로 프린트를 읽던 슬아가 그것을 툭 내려놓으며 선언히듯 밀했다.

"이걸로는 안 돼."

침묵이 돌았다.

다들 프린트에서 눈을 떼고 슬아를 바라본다. 그녀는 팔짱을 끼며 윤우를 똑바로 바라보았다.

"공약이 현실적이지 않아. 학생이 할 수 있는 범위를 넘어섰어. 적지 않은 예산이 들 거라고. 김윤우. 정말 학생회장 할 생각이 있긴 한 거야? 이런 쓸데없는 거 짜올 시간에……."

슬아는 중간에 말을 삼켜야 했다. 윤우가 자신감 넘치는 미소를 지었기 때문이다.

그녀가 알기로 윤우는 무턱대고 자신감을 내비치는 사람이 아니었다. 그가 그러는 것엔 분명한 이유가 있었다.

허세와는 거리가 먼 사람이었다. 그에게는 실력이 있었고, 실력에 맞는 논리를 늘 갖추고 있는 사람이었다.

윤우가 답했다.

"나름 조사를 해보고 정해 온 거야. 그러니까 실현 가능성에 대해서는 걱정할 필요 없어. 내년쯤에 관련 예산이 편성될 거야."

나머지 세 사람이 모르고 있는 사실 하나가 있었다.

윤우가 미래에서 온 사람이라는 것.

윤우는 학교가 어떻게 변화해 가는지 잘 알고 있었다. 실제로 옥상 정원과 멀티미디어 박스는 예산이 편성되어

1년 뒤 학교에 설치가 된다.

즉, 굳이 공약으로 걸고 이리저리 뛰어다니지 않아도 기다리고 있으면 학교에서 알아서 도입을 해 준다는 말이다. 그것을 이용하려는 것이다.

하지만 슬아는 쉽게 물러서지 않았다.

"대학생 멘토링은? 이건 단순히 돈이 오고가는 문제가 아니라 대학에 협조를 구해야 할걸?"

"걱정하지 마. 한국대 국문과에 아는 교수님이 계시니까."

"한국대에?"

성진과 나리는 깜짝 놀랐다. 슬아는 여전히 미심쩍은 눈치였다.

"친척이라도 돼?"

"아니. 어쩌다보니 알게 됐어. 아무튼, 중요한 건 그게 아니라 정작 문제는 다른 곳에 있다는 점이야."

윤우가 화제를 돌리자 나머지 세 사람이 그를 주목했다. 턱을 괴며 잠시 생각에 잠긴 윤우. 한참 뒤에 입을 열었다.

"선거에서 공약은 중요해. 하지만 그게 선거의 전부는 아니야."

슬아의 눈이 반짝였다. 하지만 나머지 두 친구는 갈피를 잡지 못하는 느낌이다.

"뜸들이지 말고 자세히 좀 얘기해 봐."

"쉽게 말해 학생들이 공약만 보고 표를 던지지는 않는다는 말이야. 대다수의 학생들은 공약에 관심이 없어. 막연한 느낌에 움직이는 경우가 많지. 그러니까 머리에 오래 남을 수 있는 긍정적인 이미지가 필요해."

슬아는 고개를 끄덕여 동의했다. 이미 선진국에서는 중요한 선거에 앞서 TV나 라디오 토론을 통해 이미지 메이킹을 한다. 선하고 믿을 수 있는 인상을 줄 수 있게끔, 매우 전략적으로.

잘 떠오르지 않았는지 성진이 신경질적으로 머리를 긁었다.

"그래서 어떻게 하면 되는데?"

윤우가 고개를 돌렸다. 그의 자신만만한 시선이 슬아에게 닿았다.

"슬아가 그 역할을 해 줄 거야."

"슬아가?"

윤우는 회심의 미소를 짓고 있었지만, 슬아는 도대체 무슨 말이냐며 인상을 쓸 수밖에 없었다.

크리스마스가 찾아왔다.

NEW
LIFE 2

윤우는 이른 오후부터 외출 준비를 했다. 이번에도 예린이의 전신거울을 빌렸다. 회색 스웨터 위에 검은색 코트를 걸쳤다. 산 지 오래돼 조금 낡아 보였지만 윤우의 키가 큰 탓에 제법 잘 어울렸다.

그때 문이 열리고 예린이 고개를 빼꼼 내밀었다. 불만스러운 표정이다.

"여자 친구 만나러 가나 봐?"

"여자 친구는 무슨. 그런 거 없어."

"거짓말."

"맘대로 생각해."

돌아선 윤우는 방에서 나갔다. 그리고 가방을 챙겨 밖으로 나갔다.

"저녁 먹고 들어올 거니까 집 잘 보고 있어."

"피이. 나도 뭐 이따 나갈 거다."

"그래. 메리 크리스마스."

그렇게 윤우는 밖으로 나왔다.

조금 서두른 이유는 선물을 사기 위해서였다. 윤우는 역 근처에 있는 화장품 가게에 들러 핸드크림을 하나 샀다. 평소 가연이가 손이 건조해서 고생한다는 것을 잘 알기 때문이다.

그녀는 소박한 사람이었다. 촛불을 켜고 근사하게 분위기를 내는 것보다, 손을 잡고 상을 보러 가는 것을 더 좋아하던 사람이었다.

선물도 그랬다. 비싸고 근사한 것보다는 꼭 필요한 것을 받을 때 더 좋아하곤 했다.

화장품 가게 점원이 상냥히 물었다.

"포장해 드릴까요?"

"네."

잠시 후, 포장된 선물을 가방에 넣은 윤우는 홀가분한 마음으로 밖으로 나왔다.

그리고 지하철을 타고 첫 데이트를 했던 신촌으로 향했다. 늘 가연을 기다리고 있던 백화점 앞에는 거대한 크리스마스 트리가 놓여 있었다. 환한 조명아래에서 장식들이 반짝반짝 빛나고 있었다.

윤우는 잠시 고개를 들어 트리를 감상했다. 아직 약속시간까지는 충분한 여유가 있었다.

그런데,

"예쁘다. 그치?"

익숙한 목소리에 윤우가 홱 몸을 돌렸다. 가연이었다. 귀 아래까지 둘둘 감싼 연분홍 목도리 안에서 생긋 웃고 있다.

잠시 멍해있던 윤우가 어색히 웃으며 묻는다.

"언제 온 거야?"

"아까?"

"많이 기다렸어?"

가연은 고개를 가로 저었다. 그러더니 윤우 옆에 슬쩍 붙는다.

"추운데 따뜻한 거 마시러 가자. 괜찮은 곳 알고 있어. 케이크 맛있는 데인데, 갈래?"

"좋지."

가연은 자연스레 윤우와 팔짱을 꼈다. 윤우는 왠지 긴장되며 가슴이 두근거렸다. 아직 정식으로 사귀는 사이는 아니었기 때문이다.

그렇게 윤우와 가연은 근처에 있는 케이크 전문점으로 이동했다.

티라미스 하나와 따뜻한 커피 두 잔을 시키고 자리를 잡았다. 가연은 분홍색 목도리를 풀더니 공처럼 말아 꼬옥 안았다. 그 사랑스러운 모습을 사진으로 남기고 싶었지만, 안타깝게도 윤우의 휴대폰엔 카메라 기능이 없었다.

"맞다. 줄 거 있어."

윤우가 가방에서 선물을 꺼냈다. 그리고 그걸 가연에게 건넸다.

"이게 뭐야?"

"크리스마스 선물?"

"아, 고마워. 뜯어봐도 돼?"

"응. 별건 아닌데……."

포장지를 뜯고 내용물을 확인한 가연은 활짝 웃었다. 정말 마음에 든다는 표정이었다.

"고마워. 마침 다 써서 사러갈까 했는데. 잘 쓸게."

핸드크림을 가방에 넣은 가연은, 잠시 주저하다가 옆에 놓은 작은 쇼핑백을 들었다.

"이거, 나도 선물."

뭔가 푹신한 게 손에 잡혔다. 목도리였다.

"직접 만든 거야?"

가연은 고개를 끄덕였다.

윤우는 갑자기 울컥 눈물이 나올 뻔했다. 아내는 겨울만 되면 손수 무언가를 만들어 주곤 했었다. 목도리를 하니 그때 생각이 난 것이다.

윤우는 그녀가 손수 만든 목도리를 만지작거렸다. 포근하고 따뜻했다.

"따뜻하지?"

"응. 무척……."

윤우는 고개를 들어 천장을 바라보았다.

눈물이 떨어지지 않게.

그제야 가연은 윤우의 어색한 표정을 읽어냈다.

"저기, 혹시 마음에 안 들어?"

윤우는 고개를 저었다.

"마음에 안 들긴. 고마워. 정말 고마워. 잘 쓸게."

윤우의 미소를 본 가연은 그제야 웃을 수 있었다. 그 미소를 보며 윤우는 다짐했다. 두 번 다시 그녀를 슬프게 만들 일 따위는 하지 않겠다고.

그리고 그날 밤, 둘은 연인이 되었다.

두 사람이 연인이 되었다고 해서 크게 달라지거나 한 점은 없었다.

시간이 날 때 만나서 무언가를 먹거나 얘기를 하고, 가연이를 집까지 데려다주는 게 전부였다.

일주일에 많아야 두어 번 만나는 것이 전부였다. 윤우가 논문 때문에 시간이 많지 않았던 탓이다.

그랬기에, 가연은 조금 서운하다는 표정을 짓는다.

그럴 만도 했다. 오늘은 2000년의 마지막 날이니까. 두 사람 모두 좀 더 긴 추억을 남기고 싶었다.

"이제 들어가 봐야 하지?"

가연이 슬그머니 물었다.

"그래야지."

"논문은 언제 끝나?"

"오늘 마무리를 지을 생각이야. 접수 기한이 내년 첫째

주로 연장되긴 했지만 오늘 끝내 놓으려고."

"그럼 내일부터는 학원에 나오는 거야?"

윤우는 웃으며 고개를 끄덕였다. 그러자 가연도 덩달아 웃는다. 윤우가 학원을 나간다는 것은 볼 수 있는 시간이 더 늘어난다는 말과 같았으니까.

두 사람은 컴컴한 골목길을 걸었다. 이윽고 저 멀리 가연의 빌라가 보였다. 아직 애인이 생겼다는 것은 비밀이었기 때문에, 이제는 헤어져야 할 시간이다.

두 사람이 멈춰 섰고, 윤우가 말을 꺼냈다.

"내년엔 꼭 같이 제야의 종 듣자."

"약속."

가연이 손가락을 내밀었다. 윤우도 기쁜 마음으로 손가락을 내밀었다.

"도장도."

"자."

"싸인까지?"

"응."

서로를 보며 행복하게 웃는 두 사람. 이대로 헤어지는 게 정말 아쉬웠지만 윤우는 가연의 목도리를 바로 고쳐주며 작별 인사를 나눴다.

"조심히 들어가. 들어가면 문자하고."

"윤우도 조심히 가."

손을 들고 돌아서는 가연.

하지만 윤우는 한동안 그 자리에서 서서 가연의 뒷모습을 지켜보고 있다. 흐뭇한 미소를 지으며 말이다.

윤우는 안다. 가연이는 들어가기 전에 다시 한 번 이쪽을 바라볼 것이라고.

역시나 가연이 멈춰서더니 뒤를 돌아다본다. 두 사람의 시선이 마주쳤다. 가연은 생긋 웃으며 다시금 손을 흔들어 줬다.

그녀가 빌라 안으로 들어간 다음에야 윤우는 발걸음을 돌렸다.

날이 추웠기 때문에 걷지 않고 버스에 몸을 실었다. 잠시 후 가연에게 문자가 왔다. 가연과 문자로 얘기를 나누는 사이 집 근처 정류장에 도착했다.

집으로 들어서니 예린이가 거실에 앉아 TV를 보고 있었다.

"오늘은 일찍 왔네?"

"일이 있어서."

"오빠 바쁘면 저녁 준비는 내가 할까?"

오늘 저녁 담당은 윤우였다. 하지만 시간이 넉넉지 않은 만큼 오늘만큼은 동생의 도움을 받아주기로 했다.

윤우는 예린의 머리카락을 쓰다듬어 주었다.

"고맙다."

대강 씻고 방으로 돌아온 윤우는 쉴 틈도 없이 컴퓨터를 켰다. 마우스를 움직여 논문 파일을 불러왔다.

초고는 이미 완성되었기 때문에, 원고를 처음부터 훑어보며 논리와 인용이 부족한 부분을 체크하면 된다.

윤우는 집중력을 발휘하며 논문을 읽기 시작했다.

- 개화기를 전후하여 서구의 영향 아래에 놓인 우리의 문학은 점차 근대적인 모습으로 탈바꿈한다. 특히 소설의 영역에서는 신소설을 위시하여 소재와 형식의 변화가 풍부하게 일어났다. 또한 소설에 대한 지식인들의 인식이 확연히 달라져 대중을 계몽하기 위해, 혹은 자신의 정치적 견해를 널리 알리기 위해 소설이 창작 혹은 번역되기 시작하였다.

윤우는 잠시 키보드에서 손을 뗐다.

'근거가 좀 부족해 보여. 인용을 넣어 논지를 보강할 필요가 있겠어.'

결정을 내린 윤우는 자료집을 뒤졌다. 적당한 것을 고른 다음 논문에 각주를 달았다. 그리고 인용한 논문을 참고문헌으로 표시했다.

서론 부분을 모두 훑어본 윤우는 파일을 한 번 저장했다. 그리고 더 이상 볼 필요가 없는 자료들을 하나로 모아

서랍에 넣었다.

'서론은 이대로 마무리를 해도 되겠어. 이제 본론으로
넘어가자.'

윤우의 집중력은 최고조였다. 조금의 틈도 허용하지 않
을 기세였다. 고등학생이 썼으니 이정도 오류는 봐줄만 하
다, 이런 소리를 듣고 싶진 않았던 것이다.

다른 이유도 있었다. 이 논문은 자신의 이름을 학계에
알리게 될 첫 논문이다. 그러니 더욱 신경을 쓸 수밖에 없
기도 했다.

– 한국문학에 있어 1920년대는 이데올로기의 시대라고
해도 과언이 아니다. 인용에서도 나타나듯이 사회주의적
이데올로기의 도입은 대중매체라는 거대한 틀 안에서 동
시다발적으로 진행되었으며, 다양한 가능성을 내포한 대
중소설 장르에도 그 영향력을 행사하였다.

윤우는 미리 넣어둔 인용구를 확인했다. 표정이 조금 떨
떠름해졌다.

'아쉽다. 여기 인용구에 딱 들어갈 만한 연구는 11년 뒤
에 나오는데…… 시간이 부족하니 어쩔 수 없지. 직접인용
으로 보강하는 수밖에.'

윤우는 복사해 둔 고신문(古新聞) 자료집을 뒤져 뒷받침

할 만한 근거를 더 찾아 넣었다. 너무 길어지는 것 같아 몇 부분은 편집을 해 잘라 넣었다.

윤우는 인용구를 다시 확인했다.

'고어를 현대어로 번역해서 넣어야 하나? 아니, 그냥 가는 게 나으려나?'

그렇게 윤우가 잠시 고민을 하는 사이, 문 쪽에서 노크가 들렸다.

"오빠, 저녁 다 됐어."

"먼저 먹고 있어. 지금 나가기가 좀 애매하네."

"그럼 기다릴게. 혼자 먹기는 좀 그렇잖아?"

"미안."

하지만 마무리는 윤우의 예상 시간보다 20분이나 더 길어졌다. 예린은 기다리다 잠깐 잠이 들었는지 조용하다.

"끝났다……."

2000년의 마지막 날 밤, 윤우는 한국현대문예학회에 보낼 논문을 완성했다.

윤우는 한숨을 돌리며 마우스를 조작해 논문을 메일로 보냈다. 성공적으로 메일을 발송했다는 안내창이 모니터에 떴다. 그제야 윤우는 마우스에서 손을 뗐다.

'이제 심사결과만 기다리면 되겠어.'

윤우는 힘을 풀고 의자에 편히 몸을 기댔다. 그리고 눈을 감고 잠시 휴식을 취했다.

심사결과 통보는 크게 '게재불가', '수정 후 게재', '게재' 세 가지로 나누어진다. '게재불가' 판정을 받으면 논문을 실을 수 없고, '수정 후 게재' 판정을 받으면 심사위원들이 요구하는 방향으로 수정을 한 뒤 논문을 싣는다. '게재'는 수정을 하지 않아도 논문을 실을 수 있다.

또한 한국현대문예학회를 포함한 대부분의 학회들이 블라인드 심사를 진행하기 때문에 불이익이나 선입견이 심사 과정에 작용할 가능성은 없었다. 고등학생이라고 얕보일 일은 없을 것이다.

'느낌이 좋아. 왠지 잘 풀릴 것 같다.'

연구 경험이 많았던 윤우는 이 정도 완성도라면 못해도 '수정 후 게재' 판정을 받을 수 있을 거라고 생각했다. 논리보다는 경험과 감으로 그렇게 판단했다.

그때, 밖에서 노크가 다시 들렸다.

"오빠, 아직 멀었어?"

예린이였다. 목소리에 살짝 불만이 섞여 있다.

저녁 식사를 해야 한다는 사실을 잠시 잊고 있었던 윤우는 서둘러 일어나 거실로 나갔다.

뉴 라이프

NEW LIFE

Scene #11 학생회장 선거 준비

Scene #11 학생회장 선거 준비

2001년 신사년(辛巳年) 새해가 밝았다.

아침에 일어나자마자 윤우는 가족들과 새해 인사를 나눴다. 화기애애한 분위기 속에서 아침식사를 마치고, 윤우는 가족회의를 열었다.

"무슨 할 말이 있는 걸까요?"

윤우의 어머니는 괜스레 걱정스러운 표정을 지었다. 아버지는 무덤덤하게 신문을 펼쳐보며 거실에 앉아 있다.

"크흠, 거 장남이 할 말이 있다는데 초치지 말고 이리 와 앉기나 해."

"당신 뭐 아는 거라도 있어요?"

"아니."

"예린이 넌?"

예린이도 고개를 가로 저을 뿐이었다.

잠시 후 윤우가 방에서 나왔다. 그의 손에는 봉투 두 개와 선물 포장된 박스 하나가 들려 있었다.

부모님을 마주 보며 거실에 앉은 윤우는 봉투 두 개를 아버지와 어머니 앞에 내려놓았다.

"이게 뭐니?"

"직접 보시는 게 더 빠를 거예요."

아버지와 어머니는 기대 반 걱정 반으로 봉투를 열어보았다. 안에는 얇은 종이 한 장이 들어 있었다.

그것은 근처에 있는 종합병원의 건강검진권이었다.

원래 윤우는 현금으로 드리는 게 좋다고 판단됐지만, 아버지의 건강이 염려되어 건강검진권으로 선물을 대신했다. 아무래도 전생에 아버지가 암에 걸렸으니 걱정될 수밖에 없었다.

"이번에 문학상 상금 받은 걸로 구입했어요. 이젠 건강에 신경을 쓰셔야 하니까, 시간 내서 두 분 같이 다녀오셨으면 해요."

"고맙다, 정말 고맙구나."

"장하다 우리 아들!"

"아버지 어머니가 오래 사셔야 제가 효도할 수 있잖아요."

윤우의 한마디에 부모님은 감격에 찬 미소를 짓는다. 특히 어머니는 눈물을 글썽일 정도였다.

"그리고 예린이는 이거."

윤우는 옆에 내려둔 상자를 동생에게 건넸다. 그것을 받아 든 예린은 상자를 흔들어 보았다.

"지금 열어봐도 돼?"

"물론."

예린이는 재빨리 포장지를 뜯었다. 그리곤 두 눈을 커다랗게 떴다.

"우와아!"

윤우가 선물한 것은 와우콤사의 고급형 타블렛이었다.

"마음에 들어?"

"응!"

윤우는 예린이가 최근 유행하고 있는 '오에카키'를 즐겨 한다는 것을 알고 있었다. 또한 올해부터는 미술학원에 나가게 될 터이니 여러모로 도움이 될 것이다.

정말 기뻐하는 동생을 흐뭇하게 바라본 윤우는 다시 아버지와 어머니를 주목했다.

"아버지 어머니, 올해도 건강하시고요. 저도 공부 더 열심히 해서 꼭 좋은 성과 보여드리겠습니다."

"공부는 됐다. 엄마는 네가 늘 건강한 게 소원이야. 알지? 늘 건강해야 한다."

45

어머니의 얼굴에 인자한 미소가 지어진다. 아버지도 고개를 끄덕였다.

"그래. 네 엄마 말이 맞다. 건강이 최고지. 그래서 말인데, 이 아빠도 올해는 술을 끊어 볼 생각이다."

"술을요?"

"그래. 너희들이 이렇게 착하고 예쁘게 커주는데 이 아빠도 오래 살아야 하지 않겠냐? 요즘 우리 아들이랑 등산도 가고 해서 그런지 몸도 가벼워졌고. 이왕 이렇게 된 거 술도 끊어보기로 했다."

아버지의 진지한 선언에 윤우는 잘 생각하셨다며 고개를 끄덕였다. 하지만 예린이는 타블렛을 내려놓고 얄밉게 미소를 지었다.

"에이, 아빠는 안 돼요. 늘 술 끊는다고 하면서 못 끊잖아요. 작심삼일이 될걸요?"

딸의 날카로운 지적에 아버지는 난처한 표정이 되었다.

"아, 아니다. 진짜 끊을 거야!"

"정말로요? 그럼 못 끊으면 어떻게 할 건데요?"

"그. 글쎄?"

어머니까지 불가능할 거라고 거들자 아버지는 당황해했다. 결국엔 모든 가족들이 웃음을 터트렸다. 새해에도 집안에 화목한 기운이 넘실거렸다.

'늘 이랬으면 좋겠구나.'

아버지와 어머니, 그리고 동생을 바라보는 윤우의 입가에 소박한 미소가 떠올랐다.

◈

오후에 가연과 통화하며 새해 인사를 나눈 윤우는 바로 나갈 채비를 했다. 학생회 선거를 대비하기 위해 친구들과 만나기로 했기 때문이다.

약속 장소에 도착한 윤우는 적당한 곳에 자리를 잡고 앉았다. 직원이 다가오자 윤우는 따뜻한 커피를 시켰다.

제일 먼저 도착한 것은 성진이었다. 밖에 날씨가 굉장히 추운지 손을 싹싹 비비며 자리에 앉았다.

"아 놔, 왜 하필 공휴일에 만나자고 하는 거냐?"

"오늘밤에 시간이 안 된다고 하더라."

"누가?"

"슬아가."

"쯧. 슬아 고 녀석도 참 비싸단 말이야."

"어차피 방학인데 뭐 어때?"

윤우가 구박하듯 말하자 성진은 어이없다는 표정으로 윤우를 노려보았다.

"너 뭐야? 왜 내 편 안 들어주고 슬아 편 들어주는 거냐?"

하지만 그 불만도 잠깐이었다. 딸랑거리는 소리가 나더니 슬아가 안으로 들어왔다.

윤우가 손을 들어 인사했다.

"새해 복 많이 받아."

"……너도."

슬아의 양 볼이 빨갛게 익어 있다. 그만큼 오늘 날씨는 굉장히 추웠다.

팔짱을 낀 성진이 시계를 보더니 밖을 기웃거렸다.

"나리는 오늘도 지각이냐?"

"좀 늦는다더라. 5분쯤."

"벌금을 만들던가 해야지. 걘 왜 맨날 늦는대?"

약속시간에서 정확히 7분 후 나리가 허겁지겁 카페 안으로 들어왔다. 슬아는 오히려 가만히 있었는데, 성진은 나리를 한참 동안이나 구박했다. 덕분에 분위기가 많이 가라앉았다.

그렇게 조용한 분위기에서 회의가 시작되었다.

"저번에 네가 이미지 메이킹을 할 거라고 했었지? 그 설명을 좀 들어야겠는데."

가장 먼저 슬아가 입을 열었다. 질문인지 공격인지 구분이 되지 않았다.

고개를 끄덕인 윤우는 가방에서 잡지 하나를 꺼냈다. 세 사람은 이게 뭔가 싶어 몇 장을 펼쳐보았다. 여러 헤어스타일이 나와 있는 잡지였다.

"먼저, 슬아의 헤어스타일을 바꿀 거야."

"뭐?"

윤우의 말에 세 사람은 잠시 멍한 표정을 지었다.

가장 당황한 것은 물론 슬아 본인이었다.

아직 겨울이 한창이었지만, 상훈고등학교의 겨울방학은
금세 지나가 버렸다.

"예린아. 오빠. 먼저 간다. 아침 잘 챙겨 먹어."

"응. 잘 다녀와."

늘 그렇듯 윤우는 아침 일찍 학교로 향했다. 어젯밤에
내린 눈 때문에 밖엔 온통 눈 천지였다.

윤우는 가연이가 손수 떠준 목도리를 어루만지며 눈길
을 걸었다.

'이제 정말 얼마 남지 않았구나.'

학생회장 선거까지는 이제 한 달도 채 남지 않았다. 봄
방학 기간을 생각한다면 늦어도 오늘부터는 뭐라도 움직
임을 보여줘야 한다.

윤우와 슬아, 성진, 나리는 겨울방학동안 수차례 모여
선거 전략을 수립했다. 공약을 두어 가지 너 수가하고 세부

내용까지 정했다. 대자보 준비는 글씨를 잘 쓰는 나리가 맡았다.

여기에 객원 멤버로 예린이가 끼어들었다. 글씨만 넣기에는 대자보가 심심해 보일 수 있다는 성진의 의견에 따라 동생에게 도움을 청한 것이다. 큰 선물을 받은 직후라 예린이는 흔쾌히 도와주겠다고 말했다.

윤우는 아무도 걷지 않은 새하얀 눈길을 조심히 걸으며 흐뭇한 미소를 지었다.

'옛날에는 몰랐는데, 내 주변에 참 좋은 사람들이 많은 것 같아.'

전에는 모르고 지나쳤던 것들.

인연.

그리고 그들과 함께하는 시간들.

그 모든 것 하나하나가 윤우에게 소중하게 다가왔다. 지난 1년간도 그랬고, 이번 학생회장 선거를 준비하면서도 그 사실을 새삼스레 깨닫고 있는 중이다.

어느덧 학교에 도착한 윤우는 교문을 통과했다. 어제 내린 눈 때문에 운동장이 온통 새하얗다. 윤우가 제일 먼저 왔는지 다른 학생은 보이지 않았다.

열쇠를 가져가기 위해 교무실로 오르던 도중, 윤우는 문득 재미있는 생각이 들었다.

'과연 슬아가 헤어스타일을 바꿨을까?'

새해 첫날 모임을 열었을 때 슬아는 헤어스타일을 바꾸자는 자신의 제안에 격하게 반대를 했었다. 선거가 무슨 장난이냐고 목소리를 높였었다.

그게 전부가 아니었다. 윤우는 헤어스타일뿐만 아니라 안경대신 렌즈를 끼는 게 좋겠다고 말했다. 45년간 연륜을 쌓은 윤우는 상대에게 호감이 가는 인상이 어떤 것인지 잘 알고 있었다.

'하지만 슬아도 어쩔 수 없이 내 제안을 받아들일 수밖에 없겠지. 논리적인 친구니까. 어느 쪽이 도움이 될지는 벌써 답이 나온 문제야.'

윤우는 교무실 문을 노크한 뒤 안으로 들어갔다. 교사들도 많이 나오지 않았다. 빈자리가 훨씬 많았다.

"어, 윤우구나? 여전히 제일 먼저 오네. 오랜만이다. 밖에 춥지?"

김유진 선생이 반갑게 인사를 건넸다. 윤우는 예의바르게 인사했다.

"선생님도 일찍 나오셨네요."

"어쩌다보니 그렇게 됐네. 아참. 지금 교실로 가지 마. 난방 안 될 거야. 잠깐 앉았다 가."

김 선생은 접이식 의자를 빼서 직접 펼쳐주었다. 추위에 약한 윤우는 사양하지 않고 그곳에 앉았다. 어차피 반장이기도 해 교무실 출입이 잦다. 이 정도는 괜찮았다.

51

윤우는 김 선생이 타다 준 녹차를 홀짝이며 얌전히 앉았다. 그러다 김 선생이 뭔가를 떠올렸는지 서랍에서 책 한 권을 꺼내 윤우에게 건넸다.

"자. 금상 수상 축하 겸 조금 늦은 크리스마스 선물."

정호승 시인의 시집이었다. 제목은 '흔들리지 않는 갈대', 윤우도 회귀 전에 한 번 읽어본 시집이었다.

윤우는 책을 어루만지며 종이의 뚜렷한 감촉을 느꼈다. 이 선물은 기억에 없는 경험이다. 문학상에 참여하지 않더라면 얻을 수 없었을.

새로운 것은 마음을 늘 충만하게 해준다. 그랬기에 윤우는 진심으로 기뻤다.

"잘 읽을게요. 선생님."

"그래. 한국대 국문과로 진학한다 그랬지? 꼭 꿈을 이뤘으면 좋겠다. 선생님이 늘 응원할게."

"감사합니다."

그렇게 반시간이 지나고, 마음까지 따뜻하게 데운 윤우는 교무실을 나서 7반으로 돌아왔다.

윤우의 예상은 적중했다.

슬아는 헤어스타일을 바꾸고 등교했다. 덕분에 1학년 7반

교실이 아침부터 술렁였다. 윤우도 만족스러운 표정으로 슬아를 바라보고 있다.

'성진이 이 녀석, 확실히 이런 쪽으로는 안목이 있구나.'

슬아는 성진이 요구한 대로 긴 머리를 짧게 잘라 끝에 펌을 살짝 넣었다. 날카로운 인상이 조금 누그러지며 전체적으로 세련된 느낌이 강해졌다.

그뿐만이 아니다. 평소에 즐겨 쓰던 무테안경 대신 렌즈를 꼈다. 눈이 훨씬 커 보여 이목구비가 뚜렷해졌다.

"잠깐, 슬아? 슬아 맞지?"

"머리 자른 거야? 완전 예쁘다!"

가장 먼저 여자아이들의 이목을 끌었다. 하지만 슬아는 귀찮은 기색이다. 아이들을 지나치며 자신의 자리로 묵묵히 걸어갔다.

"호들갑 떨지 마. 대단한 일도 아닌데."

"그래도 정말 잘 어울리는데?"

슬아는 아직 새로운 머리에 적응을 하지 못했는지 손으로 머리를 만지작거렸다. 그리고 가방을 책상 옆에 걸어두고 자리에 앉았다.

"오랜만이다."

그녀의 짝 윤우가 손을 들어 그녀를 맞았다. 슬아는 윤우를 흘겨보더니 못마땅한 표정을 지었다.

"차갑게 말이 있으면 좋겠어. 네가 부탁해서 헤어스타

일 바꾼 거 아니니까."

"그 정도는 나도 알아. 선거에서 이기고 싶었을 뿐이라
는 거."

"말이 통해서 좋네."

비꼬듯 말했지만, 윤우는 미소를 지었다. 그래야 슬아다
운 거였으니까.

한편 1학년 7반 아이들은 슬아에게서 좀처럼 시선을 떼
지 못했다. 앞문과 뒷문에는 다른 반 남학생들이 기웃거리
기까지 했다.

그때 누군가 윤우의 어깨를 툭툭 건드렸다.

성진이었다.

그는 엄지손가락으로 뒤쪽으로 가리키며 잠시 밖으로
나오라고 신호를 보냈다. 윤우는 바로 자리에서 일어서 그
를 따라 교실 밖으로 나갔다.

교실 밖으로 나갔지만, 성진의 시선은 여전히 슬아의 머
리카락에 고정되어 있었다.

"뭐야 저거. 어떻게 설득한 거야? 회의 할 때마다 안하
겠다고 계속 버텼었잖아."

"우리에겐 공동의 적이 있잖아."

"하긴, 내가 봐도 밥맛이야. 이기훈 그 새끼는. 그나저
나 헤어스타일의 완성은 얼굴이라더니…… 상훈고의 진짜
여신이 탄생한 건가?"

슬아를 바라보며 성진이 낮은 탄식을 흘리자 윤우는 피식 웃었다.

"아쉽냐?"

"뭐가?"

"평소에 슬아랑 친하게 지내지 못했던 게."

"시끄러 인마. 아무리 예뻐도 성격이 저모양인데 호감이 가겠냐? 가려던 호감도 도로 돌아오겠다. 어휴."

"됐고, 그만 들어가자. 춥다."

그렇게 두 사람은 다시 7반 교실로 들어갔다.

하지만 그들이 모르는 사실이 하나 있었다. 슬아가 이기훈 때문에 큰 결심을 한 것은 맞지만, 그 결심엔 일전에 머리를 푸는 게 낫다고 했던 윤우의 말도 영향을 끼쳤다는 사실을.

개학식은 금방 끝났다. 윤우와 슬아는 사전에 계획을 세운 대로 재빨리 교실을 나가 천천히 본관을 거닐었다. 많은 학생들이 집으로 돌아가다가 멈칫하며 두 사람을 바라본다.

"쟤 누구야? 전학생인가?"

"아니, 7반 요슬이야. 멍칠 있잖아.

"헉, 머리 자른 거야?"

"안경을 벗으면 예뻐진다는 속설이 사실이었어!"

슬아는 가는 곳곳마다 주목을 받았다. 성진이 말했던 대로 슬아는 상훈고의 여신 대접을 받는 중이다.

하지만 슬아는 그 시선이 불쾌한 모양이었다. 예전에도 예쁘다는 소리는 간간이 듣긴 했다. 하지만 그때와 지금은 차원이 달랐다.

"인상 풀어."

윤우의 날카로운 조언에 슬아는 억지로 인상을 펴야 했다.

지금 이렇게 걷는 것도 선거를 위한 이미지 메이킹이라는 것을 그녀도 잘 알고 있었다.

"언제까지 이런 바보 같은 짓을 해야 하는 거야?"

슬아가 짜증 섞인 목소리로 윤우에게 물었다. 윤우도 작게 대답했다.

"바보 같은 짓은 아니지. 아무튼, 이대로 1층으로 돌아나가서 별관으로 가면 돼. 오늘 학생회 모임 있으니."

"그건 나도 알아. 내 말은……."

"봄방학까지는 얼마 안 남았어. 최대한 시간을 활용하는 게 중요해."

슬아의 표정은 불만으로 가득했지만 속으로는 긍정하고 있었다. 이기훈이 조용한 것이 계속 마음에 걸렸기 때문이다.

도대체 무슨 카드를 들고 나올까.

서로 의견을 교환하지는 않았지만, 윤우와 슬아는 학생 회실에 도착할 때까지 그 부분에 대해 고민을 해야 했다. 마땅히 답이 나온 것은 아니지만 말이다.

"이기훈에 대해 들어온 정보 있어?"

슬아가 묻자 윤우는 고개를 가로 저었다.

"아직. 이따가 명종 선배에게 물어볼 생각이야. 부학생 회장으로 누가 출마했는지도 알아봐야지."

"왠지 느낌이 별로야."

그것은 윤우도 공감하는 바였다. 2학기 중간고사 석차 공고가 나왔을 때를 생각해 보면 금방 답이 나온다. 기훈 은 그만큼 나서길 좋아하고 상대방의 약점을 긁는 데 천부적이었으니까.

그렇게 두 사람이 별관에 발을 들일 무렵이었다. 갑자기 밖에서 여학생들의 함성소리가 들렸다.

비명은 아니었다. 환호성에 가까운 그런 목소리였다.

"뭐지?"

잠시 멈춰선 윤우는 몸을 돌렸다. 슬아도 멈춰 돌아섰 다. 여학생들이 우르르 몰려들어 검은색 밴을 둘러싸는 모습이 보였다.

그런데 몰려든 것은 여학생뿐만이 아니었다. 머리만 한 카메라를 든 어른들도 밴을 향해 열심히 셔터를 눌러대고 있었다. 마이크를 들며 바쁘게 뛰어다니는 여자도 있었다.

잠시 후 밴의 문이 열리며 훤칠한 남자 하나가 밖으로 나왔다. 선글라스를 쓰고 있었는데 꽤 어려 보였다. 귀엔 피어싱을 하고, 머리는 온통 노랗게 물을 들였다.

한 가지 어울리지 않는 점은, 그가 상훈고등학교 교복을 입고 있었다는 점이다.

그는 선글라스를 벗더니 씨익 웃었다. 훈훈한 그의 미소를 본 여학생들은 그의 이름을 부르며 손을 흔들어댔다. 순식간에 굉장히 많은 학생들이 몰려들었다.

"뭐해? 늦겠어."

슬아가 재촉했다.

하지만 윤우는 왠지 느낌이 좋지 않아 그곳에서 발을 뗄 수가 없었다.

"저 사람 누군지 알아?"

"김유신. 아이돌그룹 멤버야. 이름이 '더 원'이었던가. 아무튼 요즘 잘 나가서 그런지 학교엔 거의 나오지 않아."

윤우는 회귀 전의 기억을 되짚어 보았다. 확실히 기억에 있는 사람이었다. 가요계에서 아이돌로 주목받으며 인기몰이를 했던 연예인.

하지만 소속사와 갈등을 겪게 되고, 법적 분쟁에 휘말려 그룹이 해체된다. 스트레스를 이기지 못해 마약에 손을 댔

다가 결국엔 검거되는 비운의 인물이기도 했다.

슬아가 한마디를 덧붙였다.

"그러고 보니 쟤도 11반이네."

"11반?"

이기훈의 모습이 떠오른 것은 우연이 아니었다. 윤우는
묘한 느낌을 받았다.

"윤슬아. 먼저 들어가 있어."

"어디 가려고?"

윤우는 대답하지 않고 별관 밖으로 나가 검은색 밴이 있
는 곳으로 천천히 뛰기 시작했다.

때마침 인터뷰가 진행되고 있었다. 여자 리포터가 마이
크를 쥐고 그에게 질문을 던진다.

"유신 씨! 학교는 굉장히 오랜만인 것 같은데요. 소감이
어떠신가요?"

"예, 뭐 나쁘진 않지요. 하하하. 요즘 스케줄이 워낙 많
아 힘들었는데 마치 고향에 돌아온 느낌이랄까요."

"고향이라. 이거 의미심장한데요? 그런데 학교엔 무슨
일이시죠?"

김유신은 오랜만에 등교한 것이 멋쩍었는지 피식 웃었
다. 뒤에서는 여학생들이 연신 유신의 이름을 부르고 있
다.

유신은 손을 한 번 들어준 다음 다시 인터뷰를 이어갔다.

"방학이 끝났으니까요. 선생님들께 인사도 드려야 하고…… 다음 타이틀이 나오기 전까지 휴식을 취하며 학교에 나올 예정입니다."

"그러니까, 당분간은 학생의 신분으로 돌아간다 이 말인가요?"

"그렇죠."

그렇게 대답한 김유신은 본관으로 움직이기 시작했다. 여기자와 카메라맨은 그와 함께 걸으며 계속 인터뷰를 이어 나갔다.

"학교엔 오랜만일 것 같은데 친하게 지내는 친구들이 좀 있나요?"

"아쉽게도 친구들은 많이 없어요. 중학교 동창이 딱 한 명 있긴 한데, 저랑 놀아주려나 모르겠어요. 워낙 오랜만이라…… 아, 마침 저기 있네요."

반가운 표정을 지은 유신이 윤우를 향해 손을 흔들어 보였다. 덕분에 모든 사람들의 시선이 윤우를 향했다.

"짜식, 집에 안 가고 이 형님 기다리고 있었던 거냐?"

유신이 윤우에게 다가갔다.

하지만 그는 윤우를 홱 지나쳐 버렸다. 그가 손을 들며 아는 체를 했던 친구는 윤우가 아니었던 것이다.

'설마……'

좋지 않은 예감에 윤우는 몸을 돌렸다.

그 예감은 적중했다.

윤우의 두 눈에 미소를 짓는 이기훈의 모습이 들어온 것이다.

그런데 이상했다. 평소와 느낌이 좀 달랐다.

기훈의 오만하고 탐욕스러운 눈빛은 온데간데없었다. 차분해 보였다. 특유의 당당함을 잃지 않으면서 김유신과 대화를 나눈다.

윤우의 시선은 여전히 기훈의 얼굴에 고정되어 있었다. 그렇게 곰곰이 생각에 잠겼다.

그간 못 본 사이에 심경의 변화라도 겪은 걸까? 모두가 알고 있는 기훈의 모습과는 전혀 달랐다. 마치 다른 사람이 된 듯한 느낌이었다.

'뭔가 느낌이 좋지 않아.'

그것이 윤우의 솔직한 심정이었다. 그때 누군가가 윤우의 옆에 나란히 섰다.

슬아였다.

"그 사이에 철이 든 건 아닐 테고. 왜 저렇게 얌전해졌을까?"

"글쎄. 그런데 학생회는?"

"조금 늦게 들어가도 상관은 없어. 게다가 선거 기간 동안은 될 수 있으면 같이 움직여야 한다고 말했던 건 너잖아. 괜히 나 때문에 선거에서 졌다는 원망은 듣기 싫거든."

확실히 슬아는 노력하고 있었다. 지금도 그랬고, 예전보다 표정이 밝아진 것도 그런 노력의 결실이었다.

그렇게 두 사람은 기훈쪽으로 다시 시선을 돌렸다. 수많은 학생들이 기훈과 유신을 둘러싸기 시작했다. 리포터는 취재진과 무언가를 급히 상의하고 있었다.

상황을 지켜보던 슬아가 나름대로의 추측을 꺼냈다.

"아무리 봐도 이상해. 사람을 가리면서 대하는 건 아닐 테고. 저번 기말고사에서 1등하지 못했던 게 큰 충격이었던 걸까?"

그럴듯한 추측이었다. 아마 성진이나 나리였다면 고개를 끄덕였을지도 모른다.

하지만 윤우의 눈은 달랐다. 연륜이 고스란히 담겨 있었다. 그는 전생에서 수많은 사람들을 만나며 경험을 쌓았던 사람이었다.

"조금 다른 문제인 것 같아. 승부에서 져서 그랬다면 오히려 흥분해서 평정심을 잃었겠지."

확실히 이기훈은 평정심을 잃은 것 같아 보이지 않았다. 오히려 너무나도 침착해서 자신감이 넘쳐 보였다.

"그럼 왜 저러는 거야. 카메라가 있다고 사람이 저렇게 변하진 않을 거 아냐."

윤우는 머릿속에 떠오른 직감을 그대로 언어로 옮겼다.

"자신이 있는 거겠지."

"자신?"

"선거 말이야. 저렇게 차분할 수 있다는 건 정말 독하게 마음을 먹었다는 뜻이기도 해. 쉽지 않은 싸움이 되겠지."

윤우는 다시 고개를 돌려 유신을 응시했다.

이 시기에 그가 나타난 것이 영 마음에 걸렸다.

윤우가 생각하는 가장 나쁜 시나리오는 김유신이 학생회장 선거에 직접적으로 개입하는 것이었다.

만약 그가 부학생회장으로 출마한다면 어떨까. 상훈고 여학생들의 표를 모조리 쓸어 담을 것이 분명했다.

흥미로운 공약을 내걸 수도 있게 된다. 가을 축제에 '더원' 멤버들을 불러 공연을 할 수도 있고, 그의 방송인맥을 각종 이벤트에 동원할 수도 있게 된다.

"잠깐만요!"

재빨리 달려온 리포터가 본관으로 돌아가려던 기훈과 유신의 앞을 막고 섰다. 호기심 어린 눈으로 기훈을 올려보더니 마이크를 들고 능숙하게 화제를 이어갔다.

"네, 시청자 여러분! 이 학생이 유신 씨의 친구인 것 같은데요. 그냥 넘어갈 수는 없겠죠? 자, 그럼 유신 씨에 대한 솔직한 이야기를 좀 들어보겠습니다! 그 전에 먼저 소개를 좀?"

리포터가 마이크를 들이밀자 이기훈이 담담하게 인사했다

"안녕하세요. 유신이 친구 이기훈입니다."

"어유, 아주 키도 크고 어른스러운 학생이네요. 몇가지 물어봐도 될까요?"

"예. 얼마든지요."

"유신 씨와는 얼마나 오래 친구였나요?"

기훈은 유신을 보며 피식 웃었다. 유신도 씨익 하고 웃는다. 꽤 사이가 좋아 보인다.

"아버지들끼리 잘 아는 사이시거든요. 그러다 보니 어려서부터 자연스럽게 친해졌지요. 지금은 친구라기보다는 웬수라는 느낌이지만."

"하하하."

리포터와 김유신이 동시에 소리 내어 웃었다. 김유신이 웃자 주변에서 구경하던 여학생들이 비명을 지르며 좋아한다.

물론 여학생 한정이었다. 윤우를 포함해 몇몇 남학생들도 있었지만 큰 관심을 보이진 않았다. 오히려 슬아에 관심을 두는 애들이 훨씬 많았다.

"자, 그럼 다음 질문으로는……."

그 후로 의례적인 질문이 쏟아졌다.

리포터는 유신의 성적과 학교 태도, 이성관계 등을 물었다. 그 때마다 기훈은 침착하게 답변을 했다. 마치 다른 사람처럼 말이다.

인터뷰는 생각보다 금방 끝났다. 사전에 준비를 한 것이 아니었는지, 주변에 모여드는 학생들이 점점 많아지자 김유신이 난색을 표하며 몸을 돌린 것이다.

"자자, 길 좀 비켜 주세요! 좀 지나갑시다!"

유신의 매니저가 앞장서서 목소리를 높였다. 유신은 뻗어오는 학생들의 손을 한 번씩 잡아주며 매니저의 뒤를 따라갔다. 그것은 이기훈도 마찬가지였다.

그렇게 세 남자가 여학생들이 세운 벽을 뚫고 본관으로 사라졌다. 모여든 학생들이 뿔뿔이 흩어지기 시작했고, 윤우와 슬아도 별관으로 걸음을 옮겼다.

두 사람은 아직 수북이 쌓인 눈길을 걸었다. 뽀드득거리는 소리가 왠지 무거워 보였다.

슬아가 물었다.

"너, 뭔가 알고 있는 눈치인데?"

"아직 추측일 뿐이야."

"추측이라도 괜찮으니 얘기해 봐."

윤우는 쉽게 입을 열지 않았다. 덕분에 잠시 침묵이 돌았다. 하지만 그 침묵이 오래 가지는 않았다. 별관으로 들어서자마자 윤우가 입을 열었다.

"입장을 바꿔서 생각해보니 답이 보이더라. 이기훈이 학생회장 선거에서 많은 표를 받기 위해서는 어떻게 해야 할까."

"표를 많이 받기 위해서……."

생각에 잠긴 슬아. 잠시 후 눈이 살짝 커졌다.

"김유신?"

생각했던 답이 나오자 윤우는 고개를 끄덕였다.

"아마 그 애가 조력자로 나설 거야. 굉장히 사이가 가까워 보였어. 어쩌면 본인이 직접 부학생회장 후보로 나설지도 모르는 일이지."

슬아의 표정이 굳어졌다. 두 사람은 아까 김유신의 인기를 두 눈으로 똑똑히 봤었다.

"하지만 걘 아이돌이잖아? 바빠서 학교에 제대로 나오지도 못하는데 오히려 역효과가 나지 않을까?"

"아까 인터뷰할 때 들어보니까 다음 타이틀이 나올 때까지 학교에 나온다더라. 다시 말해, 선거에 관여할 시간은 충분하다는 거야."

어느새 두 사람은 학생회실 앞에 도착했다. 안으로 바로 들어가지 않고 잠시 밖에 멈춰 섰다.

"대책은?"

가장 중요한 질문이었다.

하지만 윤우는 가벼이 웃었다. 자신감이 짙게 배어 있는 웃음이었다.

덕분에 슬아는 조금이나마 마음을 놓을 수 있었다. 그는 근거없이 자신감을 표현하는 사람이 아니었다. 이렇게 여유를 부릴 수 있다는 건 그만큼 자신이 있다는 말이었다.

"우리는 우리가 갈 길만 확실히 걸어 나가면 돼."

그렇게 대꾸한 윤우는 학생회실 뒷문을 열었다. 문이 열리자 유명종의 목소리가 또렷하게 들렸다. 학생회 회의가 한창이었다.

회의가 끝나고 윤우가 슬아를 잠시 불러 세웠다. 학생회실엔 두 사람뿐이었다.

"잠깐 할 말이 있어."

돌아선 슬아는 윤우를 가만히 노려보았다.

"분식집에서 다들 모이기로 했잖아. 굳이 여기서 시간을 낭비할 필요는 없을 것 같은데?"

"거기서 하기 좀 애매한 말이라서 그래."

무슨 말일까 궁금했다. 시간이 지날수록 궁금한 것을 넘어 묘한 긴장감까지 든다. 그래서인지 윤우의 얼굴을 제대로 쳐다볼 수가 없게 되었다.

왠지 이런 타이밍에는 늘 남학생들이 고백을 해왔다. 지금까지 한 번도 받아준 적은 없지만 말이다.

하지만 그런 일은 없을 것이나. 시금까지 윤우에게 살갑게 대한 적은 단 한 번도 없었다. 중학교 시절에는 윤우를 괴롭히기까지 했다. 그런 그가 자신을 좋아할 리가…….

"이제 곧 유세기간인 건 알지?"

슬아는 눈을 몇 번 깜빡이더니 고개를 끄덕였다. 그제야 헛된 망상에서 빠져나올 수 있었다.

잠시 대화를 끊은 윤우는 신중히 말을 골랐다. 자칫하면 슬아가 불쾌감을 표할 것이 분명했으니까.

"화법을 좀 바꿀 필요가 있겠어."

"그게 무슨 소리야? 화법을 바꾸다니?"

그녀가 날카롭게 대꾸하자 윤우는 잘 됐다며 씨익 웃었다.

"그런 식으로 톡 쏘게 되면 상대방이 불쾌함을 느끼게 돼. 유세기간 중에는 학생들을 많이 만나게 될 거야. 여기저기 돌아다니면서 이야기를 직접 들을 생각이거든."

윤우는 김유신이 부학생회장으로 출마한다는 사실을 확인했다. 이제는 사소한 것 하나까지 신경을 써야 하는 입장이 되었던 것이다.

"그래서?"

"요컨대, 웃으면서 말하는 연습을 해야 한다는 거야."

"하, 뭐야? 애들 장난도 아니고. 그 정도야 쉽지."

"쉽다고? 너한텐 굉장히 어려울 것 같은데."

윤우의 일침에 슬아는 입을 꾹 다물었다. 왠지 그가 얄

미워 보였다.

윤우는 슬아라는 사람에 대해 잘 알고 있었다. 별로 친하지는 않아도 그녀와 같은 중학교를 나왔다. 그녀는 대개 신경질적이거나 차가웠고, 자신의 속마음을 잘 털어놓지 않았다.

"자신 있으면 어디 한번 해 보든지."

"지금? 너한테?"

"그럼 언제 하려고?"

"선거 유세 때 제대로 하면 될 거 아냐."

슬아는 얼굴을 살짝 붉혔다. 아직 마음의 준비가 되지 않았다. 표정 관리를 좀 더 잘해야겠다는 생각은 해왔지만 뜻대로 되지 않았던 것이다.

"이거 왠지 불안한데. 그럼 약속 하나 해. 유세 기간 동안에는 모든 사람들에게 웃으면서 말을 하겠다고. 나 포함해서."

선택의 여지는 없었다. 어쩔 수 없이 슬아는 윤우와 약속을 해야 했다.

하지만 자신이 잘해낼 수 있을지 걱정이 될 수밖에 없었다. 다른 건 몰라도 다른 사람을 살갑게 대하는 건 정말 어려운 일이었다.

윤우와 성진, 그리고 슬아와 나리는 분식집에 모였다. 아이디어 회의 때문이었다. 주문한 메뉴가 나올 때쯤 예린이도 자리에 합류했다.

"이야, 김예린. 오랜만이다?"

"안녕하세요!"

예린은 처음에 성진에게만 인사를 했다가, 슬아와 나리에게도 꾸벅 인사를 했다.

"응. 안녕하지. 그나저나 못 본 사이에 겁나 예뻐졌는데? 지나가다가 마주치면 몰라보겠다."

"고마워요. 오빠 옆에 앉아도 돼요?"

성진은 의자를 빼서 예린이가 편히 앉게 도왔다. 과거에는 성진이와 동생이 서로 어울릴 기회가 없었다. 이 모습은 분명 없는 과거였고, 새로운 미래였다.

그런 새삼스러운 기분을 느끼며 윤우는 슬아와 나리에게 동생을 정식으로 소개했다.

"대자보와 유인물 디자인을 맡아 줄 내 동생이야. 나이는 중3이고. 명인여중 다녀."

예린은 앉은 채로 허리를 꾸벅 숙였다.

"잘 부탁드려요."

나리는 반갑게 인사를 받았지만, 슬아는 별 관심 없다는 듯 아무 대꾸도 없이 고개를 살짝 돌렸다.

"자. 그럼 불기 전에 어서 먹자고. 배고파 돌아가시겠다."

"잘 먹겠습니다!"

성진과 나리, 그리고 예린이 동시에 포크를 들었다. 윤우도 떡볶이를 하나 집어 입에 넣었다. 하지만 슬아는 가만히 있었다.

"왜 그래? 안 먹어?"

"별로 입맛이 없네."

"하긴, 넌 왠지 이런 분식집이랑은 잘 안 어울리는 이미지긴 하지. 이건 서민들의 음식이니까."

그렇게 대꾸한 성진은 잘 튀겨진 만두튀김을 떡볶이 국물에 묻혀 입에 넣었다. 그 와중에 윤우는 슬아를 슬쩍 바라보았다. 입맛이 없는 이유야 뻔했다.

"너희들이 알아야 할 사실이 하나 있어."

그렇게 운을 뗀 윤우는 아까 있었던 일, 그러니까 아이돌 스타 김유신이 이기훈을 돕게 되었다는 사실을 친구들에게 전했다.

"풉! 켁켁, 켁!"

튀김을 삼키다 사레가 들었는지 성진이 계속 기침을 해 댔다. 예린이는 성진의 등을 토닥이며 그에게 물을 건넸다.

그만큼 김유신의 흠미 소식은 이곳에 모인 친구들을 놀

라게 하기에 충분했다. 제3자에 가까운 예린이는 연예인이 선거에 나온다는 사실에 신기해하는 표정이었다.

기침을 간신히 가라앉힌 성진은 포크를 내려놓고 한숨을 내쉬었다.

"후우, 뭐 그래도 해 볼만 하잖아? 이기훈에게 김유신이 있다면 우리에겐 슬아가 있으니까."

나리와 예린은 고개를 끄덕거렸다. 예린은 슬아를 오늘 처음 봤지만, 정말 예쁘고 매력적인 사람이라고 생각하고 있었다.

하지만 정작 본인의 반응은 시큰둥했다. 슬아는 포크를 들고 떡볶이를 깨작거리고 있다.

그때 테이블에 진동이 울렸다. 윤우의 휴대폰이 울린 것이다. 무심결에 휴대폰을 연 윤우의 표정이 갑자기 밝아졌다.

소진욱 교수의 문자였다.

그는 논문 게재가 확정되었다는 소식을 짧게 전했다.

어느 정도 예상하고 있었던 일이긴 했지만, 목표를 달성한 윤우는 짜릿한 기분을 만끽했다. 한국대학교에 한 발자국 더 가까이 다가간 듯한 기분이었다.

"좀 갑작스럽긴 하지만, 오늘 점심은 내가 산다. 마음껏 먹어."

윤우의 말에 다들 눈을 동그랗게 떴다.

"갑자기 왜? 뭐 좋은 일이라도 있어?"

"뭔데? 뭐야?"

윤우는 그저 어깨만 으쓱할 뿐이다. 자연스럽게 알게 될 일이었다. 나중에 논문이 간행되면 천천히 이야기하기로 했다.

"그럼 뭐 사양 않고…… 여기요! 김밥이랑 돈까스도 주세요!"

역시나 성진은 기회를 놓치지 않았다.

NEO MODERN FANTASY STORY

뉴 라이프

NEW LIFE

Scene #12 결선(決選)

NEW LIFE

Scene #12 결선(決選)

논문 간행이 얼마 남지 않은 어느 날, 윤우는 소지욱 교
수에게 저녁식사 초대를 받았다.

특별한 약속은 없었기 때문에 윤우는 그 초대에 응했
다. 마침 오늘은 학원에 나가지 않는 날이라 부담은 없었
다.

약속 장소는 한국대학교 정문 근처에 위치한 중식 레스
토랑으로 잡혔다. 과거에 한 번 식사를 한 적이 있지만, 정
확히 위치가 기억이 나질 않아 약도를 먼저 확인했다.

그렇게 윤우는 사뿐히 버스에 몸을 실었다.

'왠지 저녁식사로 끝나지 않을 것 같은 느낌인데.'

소 교수는 간단히 식사를 하며 이야기를 나누자고 했지

만, 윤우는 오늘 약속이 단순히 식사에서 끝나지 않을 것임을 예감했다.

실제로도 그랬다.

윤우가 약속 장소에 도착하자 처음 보는 사람이 소진욱 교수와 합석해 있었다. 중년의 남자였는데, 풍채가 제법 좋은 사람이었다.

"어서 와. 이거 오랜만이군."

소진욱 교수가 손을 내밀자 윤우는 반가운 마음으로 악수를 받았다.

"오랜만입니다. 선생님. 잘 지내셨죠?"

"그래. 나도 뒤늦게 자네 논문을 읽었는데, 훌륭했어. 대단해. 다들 극찬을 하더군."

"감사합니다. 사실 선생님이 아니었다면 발표할 기회가 없었을 거예요."

"내가 한 일이 뭐 있나?"

말은 그렇게 했어도 소진욱 교수의 얼굴에 흡족한 미소가 떠올랐다.

그는 윤우가 탐났다. 좋은 의미에서 말이다. 누가 봐도 윤우는 대단한 인재였다. 이미 그의 논문에 대한 이야기가 벌써 학계에서 돌고 있었다.

윤우가 보여준 연구 내용도 훌륭했지만, 고등학생이 연구논문을 쓴다는 것 자체가 픽션에 가까운 이야기이기 때문이다. 처음엔 다들 믿지 않았었다.

이 학생을 제대로 키울 수만 있다면 학계의 유명인사로 만들 수 있다.

동료 교수들도 입을 모아 그렇게 말했다. 그 학생을 입학시킬 수 있다면 좋겠다는 학과장의 한마디를 떠올린 소진욱 교수는 흐뭇하게 웃으며 윤우를 바라보았다.

"참, 맞다. 깜빡하고 있었군. 거산청소년문학상에서 금상을 탔다지? 소설로?"

"예. 어쩌다 보니 그렇게 됐네요."

"하하하. 축하할 일이 많아서 좋군. 앞으로도 좋은 글 많이 쓰도록 해. 내가 지켜보도록 할 테니."

그때 풍채 좋은 중년 사내가 손을 내밀며 악수를 청했다.

"반갑습니다."

나이 차이가 많이 났지만 그는 윤우에게 경어를 사용했다. 굉장히 정중한 느낌의 사내였다. 윤우는 두 손으로 그 악수를 받았다.

"처음 인사드리는군요. 박철순이라고 합니다."

"안녕하세요. 김윤우입니다."

박철순은 안주머니에서 명함을 하나 꺼내 윤우에게 건넸다. 명함에는 '명인일보' 로고가 박혀 있었다. 명인일보의 문화부 기기였다.

명인일보는 국내 3대 일간지 중 하나였다. 그리고 최근엔 인터넷 뉴스 제공 서비스를 시작하여 큰 반향을 일으킨 곳이기도 했다.

기자가 소진욱 교수와 함께 나타났다.

그것의 의미하는 바는 명백했다. 자신의 논문에 대해 인터뷰를 하려는 것이다. 윤우는 생각보다 빨리 기회가 왔음을 예감했다.

"그런데 기자님이 여기엔 왜……."

윤우가 모른 척 묻자 소진욱 교수가 설명을 시작했다.

"이거 먼저 설명을 하지 못해서 미안하군. 자네의 이야기를 좀 듣고 싶다고 하셔서 모시고 나왔어."

"제 이야기요? 논문 말씀인가요?"

"그렇지."

첫 인터뷰가 국내 메이저 일간지라면 이후의 일은 일사천리로 풀리게 된다. 아마 경쟁 언론사는 물론 지방언론사에서도 인터뷰 요청을 해올 것이다.

소진욱 교수가 윤우의 컵에 차를 따라주었다. 쪼르륵. 노란색 찻물이 흰 잔에 가득 찼다.

"잠깐만요. 전 제가 한 일이 신문에 나올 정도로 대단하다고는 생각하지 않는데……."

"그건 우리가 결정하는 게 아니지. 여기 앉아 계신 기자님이 정하시는 거야. 아무튼 일단 그 이야기는 나중에 자리를 옮기고 나서 하도록 하고 식사 먼저 하지. 윤우 군은 여기가 처음이지? 여긴 B코스가 괜찮아."

"그럼 저도 그걸로 할게요."

세 사람은 모두 같은 메뉴를 주문했다. 그렇게 여유롭게 식사를 하며 이야기를 나누기 시작했다.

처음엔 사적인 이야기가 오고 갔지만, 결국에는 윤우의 논문에 대한 이야기로 집중될 수밖에 없었다.

시계를 한번 살펴본 소 교수가 잠시 끼어들었다.

"이야기가 좀 길어질 것 같은데. 박 기자님. 제 연구실로 자리를 옮기는 게 어떠신지요?"

"아, 그거 좋네요. 급하게 연락을 받고 나오느라 사진 기자를 데리고 오지 못했는데, 연구실로 자리를 옮기는 김에 사진도 몇 장 찍어놔야겠네요."

"전 어디든 상관없습니다."

윤우도 소 교수의 의견에 동의했다.

저녁 식사 계산은 소 교수가 했다. 박 기자와 윤우는 감사히 잘 먹었다고 인사말을 건넸다.

그렇게 식사를 마친 세 사람은 소 교수의 연구실로 장소를 옮겼다. 가는 도중 윤우는 가연에게 문자를 보내 이제 저녁을 먹고 장소를 옮긴다고 전했다.

세 사람은 가로등 아래에서 은은하게 빛나는 자하당으로 가 인문관으로 들어섰다. 소 교수의 연구실은 3층에 있었다.

"일단 사진을 먼저 찍죠. 책장 앞에 좀 서보시겠어요? 음, 이쪽이 좋을 것 같군요."

윤우는 낡고 두꺼운 책 앞에 섰다. 박 기자가 미리 준비한 카메라로 사진을 몇 장 찍었다.

"자, 됐습니다. 이제 앉으시죠."

윤우가 자리를 잡고 앉자 본격적으로 인터뷰가 시작되었다. 소 교수는 방해하지 않기 위해 뒤에 있는 책상에 앉아 책을 꺼내들었다.

그렇게 인터뷰가 시작되었다.

"사실 저는 인문학이니 문학이니 하는 그런 구분법을 좋아하지 않아요. 모든 학문은 이야기로부터 출발합니다. 그리고 이야기는 갈래를 가리지 않지요. 뉴턴의 프린키피아에도, 종교의 경전에도, 사람과 사람의 관계 속에도 각각 이야기가 담겨 있습니다. 연구라고 해서 거창할 건 없다고 봐요. 말씀하신 것만큼 저는 대단한 일을 한 게 아닙니다. 다만 이미 존재하는 이야기에 제 생각과 언어를 섞었을 뿐이에요."

윤우는 그간 하고 싶었던 이야기를 모두 꺼냈다. 그의 말 하나하나에는 연구에 대한 열정이 묻어나왔다. 제3자의 입장이었던 박철순은 큰 감명을 받았고, 그의 말을 하나도 빠짐없이 메모했다.

'정말 고등학생이 맞는 건가?'

윤우를 바라보는 철순의 눈빛에 호기심이 일었다. 그는 지금까지 기자 생활을 하며 수많은 사람들을 만나보았다. 그런데 윤우 같은 사람은 만나본 적이 없었다.

열정적이었고, 나이에 비해 사고력과 표현력이 풍부했다. 어느새 정신을 차리고 보면 윤우의 이야기에 푹 빠져 있는 자신을 발견하게 되었다.

'앞으로 종종 만날 일이 있을지도 모르겠군.'

중견 기자로서의 직감이었다. 그렇게 결론을 내린 철순은 다음 질문을 던졌고, 윤우는 머뭇거림 없이 손짓을 섞어가며 대답을 했다.

인터뷰는 한 시간 정도 뒤에 끝났다. 메모장과 펜을 정리한 박 기자는 다시 한 번 악수를 청했다.

"오늘 시간 내주셔서 고맙습니다. 다음에 또 뵙지요."

"예. 또 뵙겠습니다. 조심히 들어가세요."

그렇게 박 기자가 연구실을 나서자, 소진욱 교수는 따로 할 말이 있다며 윤우를 붙잡았다.

"커피 괜찮나? 어제 선물로 들어온 게 하나 있는데."

"좋죠."

소 교수는 원두를 그라인더에 넣어 직접 갈았다. 드리퍼에 필터를 끼우고 설게 갈린 원두를 넣었다. 뜨거운 물을 부으니 향긋한 커피향이 연구실을 가득 메웠다.

"향이 참 좋네요."

"자넨 뭘 좀 아는군. 이렇게 책이 많은 곳에는 역시 커피 향이 제격이지."

확실히 그의 말이 맞다. 윤우에게도 좋아하는 책 한 권과 커피 한 잔이면 부러울 것 없던 시절이 있었다.

드립커피는 오랜만이었다. 회귀 전 백은대학교 공동 연구실에서 생활하던 그때가 떠올랐다. 윤우는 드리퍼를 하나 집에 들여 놓는 게 좋겠다고 생각했다.

"조금 갑작스러운 질문일지도 모르겠지만, 윤우 군은 국문과로 진학할 예정인지?"

"예. 한국대학교 국문과가 목표입니다."

소진욱 교수를 만나기 전에는 여기까지가 목표였다. 하지만 지금, 윤우는 목표를 하나 더 추가했다.

"한국대에 들어와서 선생님 밑에서 열심히 배우고 싶습니다."

"내 밑에서? 나를 지도교수로 선택하겠다는 건가?"

"예. 대학원까지 염두에 두고 있습니다."

윤우는 당당하게 대답했다. 소진욱 교수도 마음에 드는지 고개를 끄덕였다.

"그건 나도 마찬가지야. 자네를 우리 대학으로 데려가고 싶지. 성적도 좋은 것 같던데. 변수가 없다면 우리 대학에 올 수도 있겠어."

"아직 공부가 좀 부족합니다. 더 노력을 해야 해요."

"그런가."

실제로 윤우는 공부 면에서 조금 아슬아슬했다. 내신은 완벽한 수준이었지만, 모의고사 성적이 생각보다 높게 나오지 않은 것이다.

앞으로 1년 8개월이라는 많은 시간이 주어졌으니 윤우는 부지런히 성적을 올려보기로 했다. 걱정스럽지는 않았다. 하면 된다는 것을 지금까지 하나씩 입증해 왔으니까.

"아무튼, 자네가 우리 대학에 지원하면 다른 사람들보다 훨씬 유리할 거야. 우리 국문과 내에서 자네의 이름을 모르는 사람은 이제 없거든."

소 교수는 커피를 잔에 옮겨 윤우의 앞에 놓았다. 소 교수도 맞은편에 앉아 커피를 한 모금 들이키며 여운을 즐겼다. 두 사람은 잠시 아무 말 없이 커피를 즐겼다.

"그런데 하실 말씀이 있다고 하셨는데, 어떤 말씀이죠?"

"아아, 별 말은 아니고. 우리 쪽에서도 뭔가를 준비하는 게 좋을 것 같아서 말이야. 자네를 데려오기 위해서."

의외의 발언에 윤우의 눈이 빛났다. 소 교수는 계속 설명을 이어갔다.

"아직 구체적인 안이 나온 것은 아닌데, 학술활동 경력이 있는 학생들을 우선 선발하는 전형이 만들어 질 수도 있을 것 같아."

윤우는 깜짝 놀랐다.

생각지도 못한 일이었다. 만약 소 교수가 말한 전형이 신설된다면 윤우는 별다른 힘을 들이지 않고 한국대에 입학할 수가 있게 된다.

"그래서 박 기자님을 부르신 거군요?"

"그게 무슨 말인지?"

"입시 전형을 추가하는 건 쉽지 않아요. 부담이 가는 일이죠. 하지만 매스컴의 힘을 빌리면 쉽게 설득할 수도 있겠죠. 국문학계의 신성, 유망주 등의 카피를 넣는다면요. 그래서 박 기자님을 저녁 식사에 초대하신 거 아닌가요?"

소 교수는 씨익 웃었다. 윤우가 세운 가설이 마음에 들었던 것이다.

"자넨 참 똑똑한 친구야. 맞아. 사실 그럴 의도가 없진 않았지. 때마침 박 기자가 좋은 소스가 없는지 물어보기도 했고. 불쾌했다면 사과하지."

"아뇨. 불쾌하진 않았어요. 하지만 제가 그런 혜택을 받아도 좋은지 걱정이 들기도 해서요."

소 교수는 고개를 가로 저었다.

"자넨 충분한 자격을 가지고 있어. 앞으로가 기대된다고 해야 할까. 대학은 학문의 전당이지. 자네 같은 새싹을 무럭무럭 자라게 하는 게 대학의 사명이기도 하고."

윤우는 희미하게 웃었다. 과거 백은대학교에 있을 때 대학은 학문의 전당이 아니라 취업의 전당이라고 느꼈으니까. 학생의 취업여부에 따라 교수평가가 달라질 정도였다.

"아무튼, 아직 확정된 이야기는 아니니, 나중에 결정이 되면 따로 연락을 주지."

"신경 써 주셔서 감사합니다."

그때 소 교수가 몸을 앞으로 슬쩍 내밀더니 은밀한 어조로 말했다.

"참, 혹시 다른 대학에서 먼저 컨택을 해올 수도 있을 거야. 난 자네의 선택을 존중하는 입장이지만, 그럴 때는 신중히 생각해 줘."

"그건 걱정하지 않으셔도 돼요. 한국대에 가겠다는 제 생각은 변함이 없을 거니까요."

"믿음직하군."

윤우는 손목을 돌려 시계를 확인했다. 벌써 저녁 9시가 다 되어가고 있었다. 윤우는 찻잔을 마저 비우고 가방을 들고 자리에서 일어섰다.

"벌써 시간이 이렇게 됐네요. 선생님, 늦었으니 오늘은 이만 돌아가겠습니다."

"그래. 종종 연락하지. 다음 연구 테마가 나오면 꼭 보여주노록 하고."

"예."

그리고 일주일 후, 윤우의 인터뷰 기사가 명인일보에 실려 전국으로 배포되었다.

명인일보에 인터뷰 기사가 실리자 윤우를 알아보는 학생들의 수가 부쩍 늘었다.

뒤이어 서진일보, 광장신문 등의 메이저 언론에서 취재가 시작돼 윤우에 대한 기사는 한동안 계속 나왔다.

하지만 효과는 기대 이하였다.

상훈고등학교 학생들은 그가 신문에 나왔다는 것에만 관심이 있고, 무엇을 어떻게 했는지에 대해서는 별 관심이 없었던 것이다.

그러다 보니 기삿거리가 떨어지고 언론이 조용해지자 윤우에 대한 관심도 점차 줄어들었다.

그래도 윤우는 만족스럽게 생각했다.

다른 건 몰라도 이번 논문으로 학계에 자신의 이름을 분명히 각인시킬 수 있었으니까.

또한 이번 기사로 인해 한국대학교의 입시 전형이 자신에게 유리한 쪽으로 바뀌게 될 가능성이 생겼다. 그렇게 된다면 한국대학교로 꼭 진학해야 하는 윤우로서는 부담을 크게 덜 수 있게 된다.

'하지만 여기에서 만족하면 안 돼. 방심하지 말자.'

윤우는 다시금 각오를 다졌다.

마음이 편해지면 몸도 게을러지는 법이다. 유리한 길이 생긴다고 해도 윤우는 계획을 물리거나 미룰 생각은 조금도 없었다.

그리고 2001년 3월 2일.

상훈고등학교 학생회 선거가 본격적으로 시작되었다.

딩동— 딩동—

점심시간을 알리는 벨소리가 울렸다. 학생들이 각자 도시락을 꺼내 식사를 시작했다.

윤우는 미리 준비한 도시락을 들고 본관 밖으로 나갔다. 본관과 운동장 사이에 학생들이 쉴 수 있는 쉼터가 있는데, 윤우는 그곳에 앉아 일행을 기다렸다.

잠시 후 가장 먼저 슬아가 나타났다. 손엔 도시락이 들려 있었다. 표정이 조금 지쳐 보였다.

그럴 만도 했다. 새 학기가 시작되고 선거전에 불이 붙으면서 나름대로 무리를 했기 때문이다.

그녀는 다른 학생들과 대화를 나눌 때 윤우와 약속한 대로 살갑게 행동했다. 그것 자체만으로도 슬아에게는 견디기 어려운 정신노동이었다.

슬아는 윤우의 옆에 앉으며 한숨을 쉬었다.

"기운 좀 내. 웃으면 오래 산다더라."

"쓸데없는 소리는 그만 둬. 지금 농담할 기분 아니거든?"

"선거 기간엔 웃기로 약속했잖아."

"……"

윤우는 씨익 웃었다.

"그나저나 책은 읽어 봤어?"

잠시 머뭇거린 슬아는 고개를 끄덕였다.

윤우가 말한 책은 며칠 전 선물로 줬던 거산청소년문학상 수상 작품집이었다. 당연히 그 작품집엔 윤우가 직접 쓴 소설이 실려 있었다.

"소감은?"

"소감은 뭐. 그냥…… 그랬지."

싱거운 대답에 윤우는 그냥 웃어넘겼다. 어떤 깨달음이 있었는지는 모르겠지만, 그녀가 읽어 준 것만으로도 대단한 일이라고 생각했다.

잠시 후 성진과 나리도 합류했고, 이번에 상훈고등학교에 1학년으로 입학한 여동생 예린이도 보따리를 하나 들고 찾아왔다.

그렇게 다섯 사람은 즐겁게 웃고 떠들며 점심을 먹었다. 단순히 친목도모를 위한 자리는 아니었다. 선거본부가 한 자리에 모여 화기애애한 분위기를 보여주려는 의도도 있었다.

"과일 좀 싸왔는데 드시겠어요?"

도시락을 한쪽으로 치운 예린이 보따리를 풀었다. 큼지막한 2층짜리 통이었다. 역시나 성진이 제일 좋아했다.

"역시 우리 예린이는 센스가 넘친다니까? 어쩜 너네 오빠랑 그렇게 다를 수가 있어?"

"언제부터 우리 예린이였어?"

윤우의 일침에 성진이 얼굴을 붉혔다. 애꿎게 헛기침만 해댄다.

"확실히 우리 오빠보다 제가 낫죠?"

"당연하지! 저 놈은 머리 빼곤 도움이 안 된다고."

"이제 방학 숙제 다 했다 이거냐?"

윤우가 농담조로 대꾸하자 다들 웃음을 터트렸다. 윤우와의 약속 때문인지는 모르지만 슬아도 살짝 미소를 지었다.

과일은 다섯이 먹기에 충분할 정도로 많았다. 다들 포크를 들고 예린이가 준비한 과일을 입에 하나씩 넣었다.

"쟤네들 동행 선본 아니야?"

"맞아. 기호 1번. 김윤우였던가? 신문에도 나온 애."

"이야, 좋아 보이네. 뭔가 부럽다."

주변을 지나던 학생들이 흥미롭게 이쪽을 쳐다보았고,

짓궂은 몇몇 친구들은 슬그머니 다가와 과일을 몇 개 뺏어 먹기도 했다.

그때, 별관으로 향하던 김유진 선생이 방향을 바꿔 이쪽으로 다가왔다.

"어머, 분위기 좋구나?"

"안녕하세요, 선생님."

흐뭇하게 웃은 그녀는 아이들을 둘러보았다. 그때 예린이가 쓰지 않은 포크로 사과를 한 조각 찔러 김 선생에게 주었다.

"고마워. 잘 먹을게. 그나저나 여긴 화기애애하고 좋네. 저쪽은 아주 시끌벅적 난리가 났던데."

"저쪽이요?"

"기훈이네 말이야. 거긴 무슨 선거 운동이 아니라 팬미팅이라도 하는 느낌이더라."

그건 모두가 잘 아는 사실이었다.

이기훈의 선거단은 학생들의 복지와 공약에 관심이 있는 것이 아니라 그들의 환심을 사기 위해 노력을 했다. 사진을 찍어주기도 했고, 싸인도 해 주었다.

어제는 김유신이 주축이 되어 미니 콘서트를 열기도 했다. 무대 설치비용과 기타 잡비는 모두 이기훈이 제공했다. 부와 인기가 합쳐지자 그 시너지 효과는 굉장했다.

"그런데 오히려 거부감을 느끼는 친구들도 있더라구요.

즐겁긴 한데 학교를 위해서 무엇을 해 줄지 모르겠대요."

"맞아. 빈 수레가 요란한 법이거든."

나리와 성진의 지적에 다들 고개를 끄덕였다. 비슷한 이 야기는 조금씩 흘러나오고 있었다. 그리고 그것은 윤우가 예상하던 것이기도 했다.

아무리 나이가 어려도 학생들은 바보가 아니다. 경험과 사고력은 부족할지 모르겠지만, 자신에게 무엇이 필요한 지 고민할 줄 아는 나이였다.

그리고 윤우는 그들이 어떤 것을 필요로 하는지 잘 아는 사람이었다. 이미 고등학생 시절을 한 번 경험해봤기 때문 이다.

그래서 윤우와 슬아의 선거단은 조용히, 야무지게 활동 했다. 직접 발로 뛰어다니며 학생들과 마주하는 것을 기본 방침으로 삼았다.

쉬는 시간에 교실을 돌며 미래에 대한 이야기를 나누었 고, 틈이 날 때마다 움직여 학생들의 이야기에 귀를 기울 였다. 그리고 개선할 수 있는 내용은 그 자리에서 바꾸겠 다고 확답을 했다.

전단지에는 다니고 싶은 학교를 만들겠다는 윤우와 슬 아의 의지가 오롯이 담겨 있었다. 만약 예린이가 없었더 라면 전단지를 보지도 않고 버리는 학생들이 많았을 것 이다.

'눈을 마주하지 않으면 타인의 마음을 살 수 없어. 이건 나이와 성별, 인종을 가리지 않는 절대적인 진리야.'

그게 윤우의 지론이었다. 그리고 윤우와 슬아의 친구들은 모두 그 지론을 잘 이해하며 행동했다.

"아무튼 난 너희들이 당선됐으면 좋겠어."

포크를 내려놓은 김 선생이 흐뭇하게 웃으며 말했다. 모두의 시선이 김 선생을 향했다. 왜냐고 묻는 듯했다.

"왠지 너희들이 학생회를 이끌면 학교가 재미있어 질 것 같거든. 뭔가 진심으로 학생들을 챙겨 주는 느낌이랄까. 너희들, 안 그래?"

김 선생이 옆에서 기웃거리던 학생 두 명에게 물었다. 그들은 당황하면서도 고개를 끄덕였다.

"예, 맞아요."

"저도 한 표 예약!"

윤우는 미소를 지었다. 그리고 슬아를 바라보았다. 그녀도 윤우를 보며 어색하나마 미소를 짓는다.

김 선생이 자리에서 일어서며 한마디를 남겼다.

"아무튼 힘들 내. 진심은 꼭 전해지는 법이니까."

3월 10일 토요일. 오전 9시부터 학생회장 선거 투표가 시작되었다.

윤우와 슬아, 성진과 나리, 그리고 예린까지 모두 투표를 마쳤다. 그리고 약속한 대로 다섯 사람은 쉼터에 모였다.

"그간 다들 고생 많았어. 결과가 어떻든 좋은 추억으로 남을 거야. 도와줘서 고맙다."

모두가 모인 자리 앞에서 윤우가 진심을 담아 말했다. 나리가 먼저 박수를 치자 다른 친구들도 박수를 쳤다.

최선을 다했다. 할 수 있는 만큼.

지난 일주일이 꿈만 같았다.

아마 진다고 해도 후회는 남지 않을 것 같았다.

"그래도 기왕 이렇게 된 거 오빠가 당선됐으면 좋겠는데."

"그건 그래. 너희들 정말 할 수 있는 건 다 했잖아."

성진의 말에 윤우는 고개를 끄덕였다. 잠시 고개를 돌려 슬아를 바라보니 뭔가 생각이 많아 보이는 얼굴을 하고 있다.

"슬아 넌 할 말 없어? 후보자로서 마지막 자리가 될 것 같은데."

"특별히는……"

사실 하고 싶은 말은 많았다. 부끄러운 마음에 꺼내지를 못했을 뿐이다.

선거 유세를 하며 정말 많은 것을 깨달은 슬아였다. 과거의 자신은 남들의 이야기를 경청할 줄 몰랐다. 자기중심적이었고 냉정했으니까.

하지만 지금은 조금, 아니 많이 달라졌다. 선거 운동을 통해 남의 이야기를 듣는다는 것이 얼마나 중요한 일인지 알게 되었다. 미소를 지으면 상대방도 미소로 화답한다는 사실도.

슬아는 윤우가 쓴 소설의 주인공처럼, 세상을 보는 눈이 완전히 달라지고 있었던 것이다.

조금 일찍 알았으면 좋았을 법한 그런 깨달음이 슬아의 표정을 복잡하게 만들고 있었다. 그리고 윤우는 그녀의 심정을 헤아릴 수 있었다.

하지만 굳이 지적해서 그녀를 부끄럽게 할 생각은 없었다.

"그럼 가 볼까?"

윤우의 제안에 슬아는 작게 고개를 끄덕였다.

그렇게 '동행' 선본은 개표 준비로 한창인 학생회실로 향했다.

학생회실은 참관하려는 학생들로 북적였다. 오랜만에

열린 경쟁 선거여서 그런지 관심들이 많아 보였다.

"김윤우."

신문부 김태성이 말을 걸어왔다. 일전에 윤우의 수상 인터뷰를 했던 그 학생이었다. 이제는 3학년이 되어 신문부를 책임지고 있었다.

"안녕하세요, 선배. 어쩐 일이세요?"

"취재 나왔지. 다음 주에 바로 신문 나가잖아. 그나저나 어떨 거 같아? 대강 반응을 보니까 꽤 접전인 것 같던데."

태성은 학내의 소문에 밝은 사람이었다. 그가 접전이라고 말했다면 실제로 그랬을 것이다.

"글쎄요. 결과가 나와 봐야 알 것 같아요."

"잘 되겠지 뭐. 좋은 결과 기대하마. 잘 되면 한 턱 내고."

태성이 자신의 자리로 돌아가자 윤우 일행은 왼쪽 뒤편에 자리를 잡고 앉았다. 이기훈과 김유신은 이미 도착해 오른편에 앉아 있었다.

그때 윤우와 기훈의 시선이 마주쳤다. 기훈은 자신만만한 미소를, 윤우는 여유 있는 미소를 지었다.

땡—

"지금부터 24대 학생회장 선거 개표를 시작하겠습니다. 개표 중 이의가 있을 시 즉시 손을 들어 주세요."

두 학생이 분필을 들고 칠판 앞에 섰다. 그리고 선거 진행자가 각 선거단별로 참관인 한 명을 앞으로 나오게 했다.

'동행' 측에서는 나리가, '리필' 측에서는 이름 모를 남학생 하나가 나갔다.

"참관인들은 개표된 표를 확인하고, 잘못된 점이 있는지 체크하면 됩니다."

진행자의 설명이 이어졌고, 잠시 후 개표가 바로 시작되었다.

"동행."

칠판 왼편에 선 학생이 사선을 하나 그었다. 첫 표는 윤우와 슬아의 것이었다.

하지만 후보자들의 표정은 침착했다. 상훈고등학교의 유권자 수는 1800명이 넘는다. 일희일비할 필요는 없었다.

때마침 주머니에서 진동이 울렸다. 윤우는 잠시 시선을 거두고 휴대폰을 꺼냈다.

지금쯤 개표 시작됐을까? 꼭 당선됐으면 좋겠어. 힘내!

가연이 보낸 문자였다.

윤우는 좋은 예감이 들었다. 가연은 그에게 있어 행운의 여신이었으니까.

그렇게 한 시간이 지났다.

모든 개표가 끝났고, 학생회실 안이 웅성거리기 시작했다. 모든 이들의 시선이 칠판을 향하고 있다.

"거의 비슷한데?"

"리필 쪽이 좀 더 많은 것 같기도 하다."

"아니, 동행도 만만치 않아."

표수가 워낙 많았기 때문에 한눈으로 승패를 가늠할 수가 없었다. 각종 추측이 난무하기 시작하자, 진행자가 타종을 하며 주변을 정리했다.

"잠깐 정숙해 주세요! 지금부터 정확히 집계를 하겠습니다."

돌아선 진행자는 다른 학생들과 함께 칠판에 있는 사선을 세기 시작했다. 나리는 하나라도 빼먹지 않을까 두 눈을 크게 떴다.

곧 집계가 끝났다. 학생회 임원에게 결과를 확인시킨 진행자는 돌아서서 교탁 앞에 섰다.

"24대 학생회장 선거의 당선자는……."

두근―

심장이 한차례 격하게 움직였다.

아무리 윤우라고 해도 이 순간만큼은 긴장감이 들 수밖에 없었다. 그리고 그것은 슬아도, 성진도, 나리도, 예린도 마찬가지였다.

모든 사람들의 시선이 진행자를 향할 그때, 그의 입이

열렸다.

"927표를 획득한 동행 선본입니다. 축하합니다!"

희비가 엇갈렸다.

"아싸! 해냈어!"

"와아아!"

성진과 나리가 동시에 일어서며 환호성을 질렀다. 윤우와 슬아는 서로를 바라보며 안도의 한숨을 내쉬었다.

"뭐야 이게. 쪽팔리게! 이길 수 있다며?"

"……."

"젠장!"

유신은 자리를 박차고 나가 버렸다. 기훈도 윤우를 한참이나 노려보더니 학생회실을 나갔다. 순간 조용해졌지만, 윤우와 친구들은 승리의 기쁨을 만끽했다.

그리고, 처음부터 이 모든 것을 지켜보고 있던 그 악마같은 사내는 만족스러운 미소를 지었다.

"역시 기우였던 건가?"

아무도 모르게 학생회실을 나선 사내는 정면을 응시했다. 복도 한쪽에서 이기훈이 난간을 치며 분노를 풀고 있었다.

기훈을 잠시 바라보고 있던 사내가 엄지와 중지를 튕겼다.

딱—

순간 이기훈이 몸을 움찔거렸다. 초기화된 로봇처럼 허리를 쭉 펴고 차렷 자세로 섰다.

곧이어 분노로 가득 찬 두 눈이 평온을 되찾았다. 사내에 의해 오래도록 잠겨있던 이성이 해방되었다.

기훈은 자신의 두 손을 내려다보며 눈을 깜빡였다. 그리고 여기가 어디냐는 듯 주변을 둘러보았다.

"딱한 친구. 이제 그만 돌아가도록 해."

그 말을 듣기라도 했는지 이기훈이 복도 끝으로 허겁지겁 뛰어가기 시작했다.

"그나저나……."

사내는 다시 시선을 학생회실로 돌렸다. 그곳엔 친구들에게 둘러싸인 윤우가 환하게 웃으며 이야기를 나누고 있다.

"역시 자네와 계약하길 잘했어. 기대했던 것보다 강한 의지를 지녔더군. 또 목숨을 끊으면 어쩌나 싶었는데."

잠시 말을 끊은 사내의 입꼬리가 올라갔다.

"이제 걱정은 안 해도 되겠어. 자, 시험은 모두 끝났네. 이젠 자네 혼자 길을 개척해 나가야 할 시간이야. 아마 쉽지는 않겠지. 하지만…… 그만큼 재미는 있을 것 같군."

사내가 불순한 웃음을 흘렸다.

그때 윤우가 무언가 낌새를 채고 뒷문 쪽으로 고개를 휙 돌렸다. 표정이 순식간에 굳어졌다.

"갑자기 왜 그래?"

나리가 고개를 갸웃거렸다. 슬아도 성진도 예린도 마찬가지였다.

"아니, 아무것도……."

그곳엔 아무도 없었다.

이미 사내의 모습은 흔적도 없이 사라진 뒤였다.

그 후로, 윤우는 그 악마 같은 사내의 모습을 한동안 볼 수 없었다.

NEO MODERN FANTASY STORY

뉴 라이프

NEW LIFE

Scene #13 새로운 시작을 위하여

Scene #13 새로운 시작을 위하여

2003년 1월 8일 오전 10시. 국립 한국대학교에서 면접 전형이 시작되었다.

일렬로 놓인 테이블에 중년 남자 둘과 젊은 여자 하나가 차례로 앉아 있다. 그들은 한국대학교 국어국문학과 교수였다. 지위에 걸맞게 분위기는 엄숙했다.

세 교수들은 테이블 위에 놓인 입시 서류를 신중히 검토하고 있었다. 사락거리는 종이 넘기는 소리만이 들려올 정도로 조용했다.

"지원 동기는?"

제일 가운데에 있는 남자가 물었다. 국문과 학과장 남재창 교수였다. 혈색이 좋으면서도 주름살이 매우 고집스러워 보이는 남자였다.

그 질문을 받은 것은 윤우였다. 자신 있는 미소를 지은 윤우는 대답을 주저하지 않았다.

"최고의 시설에서 공부를 하고 싶었습니다. 학생이 아니라 연구자의 입장에서 보았을 때, 한국대학교의 중앙도서관 장서량과 박문각 보존서고의 사료적 가치는 대단하다고 생각합니다. 그리고 학계를 주도하는 여러 선생님들이 계십니다. 그 선생님들 밑에서 아직 빛을 보지 못한 작품들을 발굴하여 학계에 일조하는 것이 제 목표입니다."

윤우는 면접을 즐기고 있었다. 그랬기에 자신의 소신을 충분히 밝혔다.

대답을 들은 남 교수는 씨익 웃었다.

"학생이 아니라 연구자의 입장이라…… 허허허. 당돌한 친구로군."

"그러게 말입니다."

곁에 있던 다른 교수들이 맞장구쳤고, 질문을 던진 남 교수는 입을 다물었다. 다음으로 좌편에 앉아 있던 허광기 교수가 질문했다.

"예전에 김윤우 학생이 쓴 논문을 읽은 적이 있습니다. 논리적 정합성이나 근거의 적확함을 차치하더라도, 민태원의 소설에 대해 대단히 흥미로운 이야기를 펼쳤더군요.

혹시나 해서 말인데, 만약 합격을 한다면 대학원 진학까지 생각이 있는 겁니까?"

"물론입니다. 대학원에 진학해서 현대소설을 전공할 생각입니다. 기회가 닿는다면 소진욱 교수님께 지도를 받고 싶습니다."

소진욱 교수의 이름이 나오자 허 교수는 미소를 지었다. 소 교수는 면접장에 나오지 못했지만, 그로부터 윤우에 대한 이야기를 귀에 못이 박히도록 들었다.

잠시 사이를 둔 허 교수가 재차 물었다.

"주된 관심 분야는 무엇이지요?"

"식민지 시대 대중소설입니다. 최근엔 90년대 말부터 주목받기 시작한 환상문학에도 관심을 가지고 있습니다."

"흐음, 꽤 시기가 엇갈려 있군요. 특별한 이유라도 있나요?"

허 교수가 지적하자 윤우는 여유롭게 웃었다.

"최근 100년간의 대중소설을 총망라하는 것. 다시 말해 한국대중소설사를 쓰는 것이 장기적인 목표입니다. 그래서 범위가 넓습니다."

"꽤 구체적으로 계획을 세워뒀군요."

허광기 교수가 웃으며 만족스러운 눈빛을 보냈다. 다른 교수들도 고개를 끄덕였다.

곧이어 면접관 세 명이 머리를 맞대고 무언가를 수군거렸다. 다들 표정이 긍정적이었다. 윤우는 일이 잘 풀리고 있음을 직감했다.

사실 면접관들은 이미 윤우의 존재를 잘 알고 있었다. 그를 데려오기 위해 여러 편법을 구상했기 때문이었다.

아쉽게도 실제로 시행된 것은 아무것도 없지만, 적어도 이 자리에서 윤우에게 '적당한 점수'를 줄 사람은 아무도 없었다.

"……이 정도로 할까요?"

"그러죠."

잠시 후 의견 교환이 끝나자 가장 우측에 앉아 있던 젊은 여교수 강민혜가 깍지를 끼며 말했다.

"김윤우 학생. 면접은 이걸로 마치지요. 수고했어요."

"감사합니다."

인사를 마치고 나온 윤우는 한숨을 돌렸다. 티를 내지는 않았지만 그래도 조금은 긴장이 되었던 자리였다.

윤우는 복도를 걸어 계단을 내려갔다. 저 앞에 인문관 입구가 보였다. 오늘은 인문대 전체에 면접 전형이 열리는 날이다. 두꺼운 옷을 걸친 학생들이 곳곳에 보였다.

윤우는 주머니에서 휴대폰을 꺼내 1번 버튼을 꾹 눌렀다. 수화부에 귀를 대고 잠시 기다리니 예쁜 목소리가 들려왔다.

-어땠어?

가연이었다.

주변이 조용한 것이 집에 있는 모양이었다.

윤우는 잠시 걸음을 멈추고 통화를 이어갔다.

"잘했어. 미리 축하를 받아도 좋을 것 같아."

윤우의 농담에 수화부 너머에서 웃음소리가 들렸다. 상냥한 웃음소리에 마음이 따뜻해졌다.

연인이 된 지 2년이나 지났지만, 가연은 한결같았다. 미소는 여전이 사랑스러웠고, 다른 그 누구에게도 한눈을 팔지 않았다.

-그럼 미리 축하할게. 근데 언제 집에 가? 바로 가니? 밥은 먹었어?

"어째 면접 들어온 교수들보다 네가 더 질문이 많은 것 같다."

-미안. 걱정을 너무 많이 하고 있었나봐.

"고마워."

윤우는 웃으며 계단을 천천히 내려왔다.

"이따 너희 동네에 들를게. 잠깐 시간 괜찮아?"

-아니야. 내가 그쪽으로 갈게. 면접 보느라 힘들었잖아?

"안 그래도 되는데."

몇 마디를 더 나누고 약속을 잡은 윤우는 전화를 끊었

다. 아직 여유가 있었다. 천천히 계단을 밟고 내려왔다.

'이제 조금 쉴 수 있겠네. 지금까지 너무 정신없이 달려온 느낌이야. 오후에 가연이 만나고, 저녁엔 성진이랑 오랜만에 게임이나 해 볼까?'

입학 전까지 윤우는 충분히 여가를 즐길 계획이었다. 입시 때문에 많이 만나지 못했던 가연과도 자주 만날 것이고, 성진이와도 놀아줄 것이다.

가벼이 웃은 윤우는 코트를 단단히 여미고 인문관에서 나왔다.

바람이 꽤 차가웠다. 한국대학교는 굉장히 넓고 텅 빈 곳이 많았기 때문에 불어오는 바람이 꽤 거세다. 윤우는 반사적으로 주머니에 손을 넣었다.

'꽤 춥네.'

그렇게 외부 도로로 이어진 계단을 내려가려다가 익숙한 누군가의 모습이 보였다. 고개를 갸웃한 윤우는 방향을 돌려 그쪽으로 다가갔다.

슬아가 인문관 입구에 서 있었다. 마치 누군가를 기다리듯 말이다.

"윤슬아. 아직 안 가고 있었던 거야?"

슬아는 벽에서 등을 떼고 윤우 쪽으로 걸어왔다.

"같이 온 김에 같이 가려고 했지. 그런데 면접은? 잘 봤어? 뭐, 괜한 질문이려나. 너라면 잘 했겠지."

여전히 도도한 말투였다. 하지만 예전에 비해 많이 무뎌져 있었다.

조금 상냥해졌다고 해야 하나. 옛 모습과는 확실히 다른 점이 있었다.

윤우와 함께 학생회 활동을 하며 많은 변화를 겪은 그녀였다. 그리고 스스로도 그 변화에 대단히 만족해하고 있었다. 그래서 더욱 자신감이 생겼다.

"면접이라……"

윤우가 어깨를 펴더니 거만한 자세를 취했다. 왠지 그와는 잘 어울리지 않는 자세였다.

"난 아무래도 학생증 만들 준비를 해야겠는데. 너는?"

슬아도 한국대학교 영문과에 지원을 했다. 앞서 면접을 보고 기다리고 있었던 것이다.

"나야 뭐 어차피 대충 봐도 되잖아. 수능은 너보다 훨씬 잘 쳤으니까."

슬아의 말은 사실이었다. 상훈고 수능 문과 1등은 윤우가 아니라 슬아가 차지했다. 슬아는 한국대 법대에 지원해도 좋을 점수를 받았다.

"여전하구나, 넌……"

윤우가 투덜거리자 슬아는 살짝 웃어 보였다.

예쁜 미소다.

그래서 그런지 주변을 지나가던 남학생들이 슬아의 얼

굴을 빤히 쳐다본다. 이제 성인이 된 슬아는 예전보다 훨씬 성숙한 아름다움을 지니게 됐다.

"그나저나 춥지 않아?"

"조금?"

윤우는 주변을 두리번거리더니, 반대편 건물을 손으로 가리키며 말했다.

"저기 카페에서 몸 좀 녹이다 갈까?"

"네가 산다면."

"……그래."

윤우는 왠지 한 방 먹은 기분이었다.

두 사람은 인문관 우측에 있는 카페로 자리를 옮겼다. '학사 찻집', 다소 촌스러운 이름이었지만 내부 인테리어는 깔끔했다. 사람들이 많아 자리가 딱 하나 남아 있었다.

가방을 먼저 내려놓은 두 사람은 따뜻한 아메리카노를 주문했다. 커피는 금방 나왔고, 두 친구는 서로 마주보고 앉았다.

커피 잔 뚜껑을 열며 슬아가 물었다.

"너, 정말 괜찮은 거야?"

"뭐가?"

"다들 너 수능 점수가 생각보다 안 나와서 걱정하던데. 이재환 원장님도 그렇고."

조금 아슬아슬하긴 했다. 입시 전문가인 이재환 원장까

지 걱정할 정도로.

윤우는 평소 실수가 많았던 수리와 사탐에서 또다시 실수를 했다. 수능 날 감기에 걸린 영향이 컸다. 그나마 열이 나지 않은 것이 다행이라면 다행이었다.

그래도 윤우는 학생부에서 만점을 받았고, 학생회 활동으로 가산점까지 붙었기 때문에 면접만 잘 본다면 충분히 승산이 있었다. 여러 가지 경우의 수를 놓고 잘 대비한 덕분이었다.

게다가 윤우는 그 누구보다도 면접에 유리했다. 2년 전 학술논문을 발표해 교수들에게 좋은 인상을 심어줬기 때문이다. 면접관 중 윤우의 이름을 모르는 사람은 없었다.

하지만 그래도, 입시 결과는 아무도 모르는 것이다. 45년이라는 전생을 가지고 있던 윤우는 그 사실을 누구보다도 잘 알고 있었다.

"앗 뜨거."

윤우는 황급히 커피 잔을 입에서 떼어냈다. 그 모습을 보던 슬아는 한심하다는 듯 웃었다. 하지만 윤우는 포기하지 않고 다시 커피를 마시기 시작했다.

"대답은?"

"너무 걱정하지 마. 어떻게든 되겠지."

"어떻게든? 너답지 않게 무책임한 발언이네. 약속한 건 어쩔 건데?"

"약속?"

뜬금없이 튀어나온 약속이라는 단어에 윤우는 기억을 더듬어 보았다.

하지만 아무리 생각해도 그녀와 약속을 한 기억이 떠오르지 않았다.

"가만. 내가 무슨 약속을 했더라……."

"아니, 뭐. 됐어. 커피나 마셔."

커피 잔을 든 슬아는 고개를 슬쩍 돌렸다.

그녀의 두 눈에 갈색 덩굴을 입은 인문관의 고색창연한 모습이 드리워졌다.

꿈꾸던 그날이 왠지 머지않은 것 같았다.

"미안, 좀 늦었네."

생각보다 버스가 늦게 온 탓에 윤우는 지각을 하고야 말았다. 하지만 가연은 상냥히 웃으며 고개를 가로 젓더니, 조용히 윤우와 팔짱을 꼈다.

두 사람은 잠시 걸어 평소 자주 들르던 북 카페에 들렀다. 둘 다 책을 좋아했기에 데이트 장소로 여기만한 곳이 없었다.

음악도 취향에 맞았다. 두 사람은 조용한 분위기의 음악을 선호했는데, 이곳엔 늘 차분한 음악이 흘러나왔다.

가연은 늘 마시던 케냐AA를, 윤우는 애플티를 시켰다. 소파는 푹신했고, 공기는 따뜻했다.

"합격자 발표는 언제야?"

"다음달 5일."

고개를 끄덕인 가연은 쿠션을 끌어안았다.

"잘 됐으면 좋겠다. 그런데 한국대에 합격하면 이제 나랑 안 놀아주는 거 아니야? 명문대생이 되니까. 국문과엔 여자애들도 많고……."

윤우는 웃어넘겼다. 말도 안 되는 얘기였다.

윤우는 다소 무리를 해서라도 가연과 결혼을 할 생각이었다. 아직 그는 두 딸을 다시 만날 수 있다는 희망을 버리지 않았다.

"그런데 다음 달까지는 뭐 할 거야? 특별히 계획 세워둔 거 있니?"

"조금 여유롭게 보내려고. 돌이켜 보니 마음 편히 놀아봤던 적이 없는 것 같아서. 그리고……."

윤우는 잠시 말을 주저했지만, 말을 해두는 게 나을 것 같아서 이어 말했다.

"사업을 좀 해볼 생각이야."

"사업?"

"이제 돈을 좀 벌어야 할 것 같아서. 앞으로는 내 등록금

115

도 마련해야 하고, 동생 학비도 모아두려고. 언제까지 부모님께 의지할 수는 없으니까."

가연은 두 눈을 빛냈다. 애정과 존경이 담긴 그런 눈빛이었다.

"어떤 사업을 하려는 건지 물어도 돼?"

"정확히는 사업을 하는 건 아니고 도와주는 거야. 이재환 선생님을 좀 도와드리기로 했거든."

그것은 언젠가 윤우가 재환에게 제안했던 인터넷 강의 관련 사업이었다.

윤우는 시간강사 생활을 하며 부업으로 학원 강의를 나갔다. 그래서 앞으로 사교육 시장이 어떻게 변화할지를 누구보다 잘 알고 있었다.

플랫폼의 변화 또한 그렇다. 중장기적으로 스마트폰과 태블릿PC가 국내에 보급되어 수강 환경이 완전히 변화하게 된다. 윤우는 거기에 대응할 수 있는 전략도 가지고 있었다.

아무튼, 윤우는 학업에 지장을 주지 않는 선에서 이재환 선생과 함께 하기로 했다. 세부적인 계약 내용은 조만간 만나서 정하는 것으로 합의했다.

"그래서 말인데…… 괜찮으면 2월쯤에 같이 여행가지 않을래? 3월부터 좀 바빠질 것 같아서 말이야."

갑작스러운 윤우의 제안에 가연은 살짝 놀랐다.

하지만 그것은 그녀도 바라던 바였다.

가연은 겨울 바다가 보고 싶다고 말했고, 윤우는 그러자고 답했다.

겨울 여행은 2월 중순에 다녀오기로 결정했다. 입시 결과가 2월 초에 발표되고, 고등학교 졸업식과 대학 오리엔테이션까지 감안하면 중순 정도가 제일 좋았다.

물론 대학 오리엔테이션은 합격한 이후에 생각해 봐야 할 문제지만, 미리 계획해 놓는다고 해서 나쁠 것은 없었다. 윤우는 어떻게 될지 몰라도 가연은 백은대 행정학과로 진학할 것이다.

"얼마나 있다 오려고?"

가연의 목소리에 살짝 긴장이 실렸다.

꽤 중요한 질문이었다.

두 사람이 2년 동안 사귀어 왔지만, 서로 모르는 것이 아직 많이 남아 있었으니까.

"글쎄. 새벽 일찍 동해 가서 일출 봐도 괜찮을 것 같고. 여유롭게 1박 2일로 다녀와도 좋을 것 같고. 네 생각은 어때?"

"조금 생각해 볼게."

"역시 1박 2일은 부모님께서 허락 안 해주시려나?"

가연은 어색히 웃었다.

"아니, 그런 건 아닌데……."

하긴, 가연에게는 송연아라는 강력한 무기가 있긴 했다. 단짝 친구인 연아와 함께 여행을 간다고 하면 그녀의 부모님은 쉽게 허락을 해줄 것이다. 그렇게 막혀 있는 분들은 아니니까.

하지만 여행의 목적은 그녀와 하룻밤을 보내기 위해서가 아니었다. 새로운 마음가짐으로 새 목표를 향해 달려 나가고 싶었다. 자신이 가장 사랑하는 사람과 함께.

그러다보니 문득 재미있는 생각이 들었다. 윤우는 짓궂은 표정을 지으며 물었다.

"아니면, 날 못 믿는 거야? 내가 무슨 짓을 할까 봐?"

"아, 아냐. 그런 거."

가연은 볼을 붉히며 시선을 다른 쪽으로 돌렸다. 순진한 모습이 정말 귀여웠다. 윤우는 손을 뻗어 가연의 볼을 살짝 꼬집었다.

저녁 일찍 가연과 헤어진 윤우는 집으로 돌아왔다. 불이 꺼져있었고, 안은 조용했다.

'아무도 없나?'

윤우는 동생의 방을 기웃거렸다. 기척이 느껴지지 않았다. 아마 학원에 간 모양이었다.

이제 예린이도 고3이었다. 목표는 세민대 만화애니메이션학과. 만화애니메이션 분야로는 국내 최고의 대학이었기 때문에 밤잠을 줄여가며 노력하고 있었다.

　동생의 재능은 출중했다. 학교에서도 학원에서도 예린의 칭찬이 자자할 정도였다. 무엇보다도 윤우는 자신의 동생이 제대로 된 길을 찾은 것 같아 기분이 좋았다.

　'이제 동생만 잘 풀리면 당분간 큰 걱정은 없겠어. 물론 내가 먼저 합격을 한 다음의 일이겠지만.'

　동생의 성장을 지켜보고 있던 윤우는 요즘 들어 흥미로운 아이템을 떠올리는 중이었다.

　가까운 미래에 웹툰과 캐릭터 산업 등 이야기와 작화가 융합된 장르가 각광을 받을 것이다. 예린이가 이대로만 성장해 준다면 재미있는 사업을 할 수도 있다.

　윤우는 전생에 '이야기'를 연구하는 사람이다 보니 주변 장르에 대한 이해가 충분했다. 특히 그의 세부 전공은 대중서사였다. 거기에 콘텐츠를 접목하는 일은 그에게 무척 익숙한 일이었다.

　'한번 구체적으로 계획을 세워보는 것도 나쁘지 않겠어. 성진이 녀석을 끌어들여 볼까? 사업 수완은 남다르니까.'

　윤우는 씨익 웃었다.

　이제 고등학교 졸업을 눈앞에 두고 있지만, 학창 시절을 함께 했던 친한 친구들과 무언가를 할 수 있을지도 모른다는 사실이 그를 설레게 했다.

'일단 이재환 선생님 사업을 궤도에 올려놔야지. 자본금이 필요하니까.'

방으로 돌아온 윤우는 가방을 내려놓고 간단히 씻었다. 가연이에게 온 문자에 답장을 하고 책상에 앉아 머리를 말릴 겸 잠시 휴식을 취했다.

문득 두 눈에 노트가 들어왔다. 윤우는 팔을 뻗어 책장에서 그것을 꺼냈다.

윤우가 고등학교 3년 내내 목표를 하나씩 기록해 두었던 노트였다. 이제는 제법 오래된 느낌이 난다. 윤우는 흐뭇한 표정을 지으며 노트를 하나씩 펼쳐보았다.

'시간 참 빠르네. 벌써 졸업이라니……'

대부분 달성하긴 했지만 달성하지 못한 목표도 있었다. 목표 밑에는 자신이 직접 남긴 후기가 있었다. 시간이 지나고 다시 살펴보니 마치 오래된 일기를 보는 듯한 느낌이었다.

슬아와 처음으로 시험에서 경쟁했던 일, 기훈의 방해로 달성하지 못했던 목표. 축구대회 우승, 그리고 가연과 이어진 기적 같은 일들이 노트 한 권에 모두 집약되어 있었다.

굉장히 흥미로웠다. 과거의 기록은 살아있다는 느낌을

보다 생생하게 만들어준다.

그때는 잘 몰랐지만 어느 정도 시간이 지나고 훑어보니 부족한 부분이 한눈에 들어왔다. 반성해 볼 만한 부분이 보였다. 윤우는 계획을 노트에 남기기를 잘했다고 생각했다.

'끝인가.'

빈 페이지가 나왔다. 가만히 앉아 빈 페이지를 내려다보던 윤우는 펜을 들었다.

'아니. 끝이 아니라 새로운 시작이지.'

윤우의 표정이 진지해졌다. 이제는 새로운 목표를 향해 나아가야 할 때였다.

윤우는 대학생이 된 이후 달성할 목표들을 간략하게 적어보기로 했다. 고등학생 시절보다 변수가 개입할 일들이 많을 것이다. 착실히 계획을 세워둘 필요가 있었다.

그런데, 밖에서 초인종 소리가 들렸다.

'누구지?'

펜을 내려놓고 밖으로 나갔다. 아무리 생각해도 올 사람이 없었다. 친척이 온다는 기별도 없었다. 가족이라면 열쇠가 있으니 초인종을 누를 일이 없다.

'설마 가연이는 아닐 테고.'

윤우는 천천히 나가 현관문을 열었다. 의외의 인물이 서 있었다. 대문 밖에서 이쪽을 바라보고 있는 남자는 분명

성진이었다.

"박성진. 뭔 일이야?"

성진은 대답 대신 손에 들고 있던 봉지를 들어보였다. 치킨이었다. 근처에 있는 유명 프랜차이즈 치킨집에서 포장해 온 모양이었다.

"그냥 지나가다 들렀지. 저녁 먹었냐?"

"아니, 아직."

윤우는 대문을 열었다. 성진은 마치 제 집 드나들 듯 자연스럽게 안으로 들어왔다.

고소하면서도 달콤한 양념치킨 냄새가 물씬 풍겼다. 저녁을 먹지 않아서 그런지 즉시 배에서 반응이 왔다.

"양념?"

"반반. 맥주도 있다!"

맥주와 치킨. 꽤 좋은 조합이었다.

그런데 성진은 평소와는 달리 굉장히 격식을 차리고 있었다. 차콜그레이색 정장을 걸치고 있었고, 목에는 파란색 넥타이를 매고 있다.

"오늘 뭔 일 있었어?"

"내가 치킨 사온 게 그렇게 놀랄 만한 일이냐?"

"아니, 옷 말이다."

윤우가 옷을 가리키자 성진은 알겠다는 듯 한차례 웃었다.

"하하하. 실은 오늘 회사 면접보고 왔거든. 바로 이쪽으로 오는 길이야."

"면접? 무슨?"

"이모부가 회사를 하나 운영하고 계신데, 거기서 일해 볼 생각 없냐고 연락이 왔거든. 그래서 면접 보고 왔지."

그제야 윤우는 생각이 났다. 먼 옛날 성진이가 고등학교 졸업 직후 취직을 했던 일을. 그러고 보니, 그 때도 성진이가 치킨을 사 왔었다.

윤우는 모른 척 질문을 던졌다.

"결과는?"

"당연히 합격이지!"

성진은 거만한 포즈를 취하며 엄지를 치켜세웠다. 윤우는 피식 웃어 넘겼다.

"뭐, 낙하산이니까."

"이 짜식!"

윤우는 뜻하지 않게 헤드락에 걸렸지만, 성진이가 고마웠다. 기쁨을 나누기 위해서 이렇게 찾아와 준 것이니까.

과거라면 몰랐을 것이다. 하지만 회귀한 윤우는 잘 안다. 이렇게 사소한 배려가 얼마나 큰 기쁨이 되는가를.

역시 그는 예나 지금이나 좋은 친구였다.

현관 앞에서 한바탕 소란을 피운 두 사람은 집 안으로 늘어왔다. 성진은 신발을 벗자마자 주변을 두리번거렸다.

"집이 왜 이렇게 조용해?"

가만히 내버려두면 온 집안을 샅샅이 뒤질 것 같은 느낌이 들었다. 윤우는 그가 왜 이러는지를 잘 알고 있다.

"예린이 학원 갔다."

"아 놔 진짜. 왜 하필 오늘……."

그렇게 투덜거린 성진은 거실 테이블에 앉으며 넥타이를 슬쩍 풀었다.

"왜, 예린이한테 멋있는 모습 못 보여서 아쉽냐?"

"당연하지. 이 오라버니의 환상적인 모습을 보여주려고 기껏 왔더니…… 후우."

성진이가 예린이에게 호감을 품고 있는 것은 분명 과거에는 없었던 일이었다.

과거 성진은 다른 사람과 연애를 하고 결혼을 했다. 예린이와는 결정적인 접점이 없었기 때문이다.

하지만 지난 2년간 학생회 임원을 함께 하고, 같은 학교를 다니며 호감을 키워 온 상태였다.

예린이는 성진이를 별로 좋아하지 않았다. 자상하고 조용한 사람에게 호감이 있었던 터라, 소란스러운 편인 성진은 이상형에서 거리가 너무 멀었던 것이다.

그래도 성진은 지난 2년간 꾸준히 작업을 했다. 하지만 시기가 좋지 않았다. 입시가 코앞이라 마음의 여유를 내지 못했던 것이다.

'딱히 반대를 하는 건 아니지만…… 뭐 알아서들 잘 하겠지.'

윤우는 치킨을 꺼냈다. 윤기가 흐르는 빨간 양념을 보니 절로 군침이 흘러나왔다.

앞접시와 포크를 하나씩 나눠가진 두 사람. 하지만 성진은 그답게 맨손으로 닭다리를 뜯기 시작했다.

윤우가 물었다.

"그런데 다니게 되는 회사는 어떤 회사야?"

"식품회사 영업팀이야. 1년 동안 일 배운다 치고 열심히 해 보려고."

"1년? 더 안하려고?"

"군대 다녀와야지. 너야 대학갈 테니 아직 여유가 있겠지만."

윤우는 잠시 말문을 닫았다.

그러고 보니 군대 문제가 있었다. 대입에 신경을 쓰다 보니 놓치고 있었던 것이다. 과거로 회귀한 이상, 예전처럼 군대를 다시 한 번 가야 했다.

다른 건 몰라도 입영 시기가 문제였다. 전생처럼 박사과정을 수료하고 갈 것인지, 아니면 학부 재학 도중에 갈 것인지를 결정해야 했다.

과거 나이가 많아 고생한 기억이 떠오르자, 윤우는 대학교 2학년을 마치고 가는 것이 좋겠다고 판단했다. 왠지 군대 생각을 하니 식욕이 뚝 떨어지는 윤우였다.

"왜 그래?"

"아니, 아무것도⋯⋯."

성진은 씨익 웃으며 치킨무를 입에 쏙 넣었다.

"싱거운 놈."

"아무튼 회사 들어가서 잘 배워 와라. 나중에 같이 재미있는 일 좀 해 보게."

성진은 닭다리를 입에 문 채 윤우를 노려보았다.

"뭔 꿍꿍이냐?"

"나중에 얘기해 줄게. 먹던 거나 마저 먹어."

윤우는 맥주 캔을 열었다. 그리고 쉬지 않고 그것을 쭉 들이켰다.

성인이 되고 나서 가장 좋은 점 중 하나였다. 마음껏 눈치 보지 않고 술을 마실 수 있는 것. 지치고 힘들 때마다 술 생각이 가끔 날 때가 있었는데, 이제 편히 마실 수 있게 됐다.

철컥—

그때 현관문이 열리고 예린이가 안으로 들어왔다.

"다녀왔습⋯⋯ 성진 오빠?"

성진과 예린의 눈이 마주쳤다.

흠칫 놀란 성진은 먹던 닭다리를 내려놓고는 즉시 휴지로 입술을 닦았다. 그리고 환하게 웃으며 손을 흔들었다.

"어서 와라. 배고프지? 치킨 사왔는데 같이 먹자."

"나 저녁 먹고 왔는데."

"그, 그래?"

밖에서도, 예린의 말에서도 찬바람이 불었다. 성진을 슥 지나친 예린은 방 안으로 들어가 문을 걸어 잠갔다.

"너, 동생한테 무슨 짓을 한 거냐?"

"……아무 짓도 안 했다고."

한숨을 내쉰 성진은 다시 내려놓은 닭다리를 신경질적으로 손에 쥐었다.

설날이 지나고 입춘(立春)이 찾아왔다.

그래도 여전히 날씨는 추웠다. 전날 밤 늦게까지 성진과 게임을 하다 잠든 윤우는 아침 늦게 잠에서 깼다.

'이런…… 알람이 안 울린 건가?'

부스스하게 뜬 머리를 긁적거린 윤우는 머리맡에 놓아둔 휴대폰을 찾았다. 매번 가연에게 잘 자라는 문자를 남기고 자는데, 어제는 그러지 못했다.

'너무 정신없게 놀았네. 화 많이 났으려나?'

걱정스러운 마음을 휴대폰을 열었다.

문자가 두 통 와있었다. 한 통은 가연, 그리고 다른 한

통은 슬아가 보낸 문자였다.

윤우는 먼저 가연의 문자를 확인했다. 다행히 그녀는 화를 내지 않았다. 잘 자고 내일 연락하라는 문자가 와 있었다.

고비를 하나 넘긴 윤우는 여유를 되찾았다.

'그런데 슬아가 왜?'

눈을 비빈 윤우는 휴대폰을 조작해 슬아의 문자를 열었다.

매우 짧고 간결한 한 문장이 눈에 들어왔다.

나 합격했어.

정신이 번뜩 들었다. 쌓여 있던 잠이 확 달아났다. 침대를 박차고 일어선 윤우는 재빨리 달력을 확인했다.

2월 5일.

오늘은 평범한 수요일이 아니었다. 한국대학교 합격자 발표날이었다.

윤우는 컴퓨터 앞에 앉았다. 밤새 켜 놓은 게임을 끄고 인터넷 창을 띄웠다. 한국대학교 홈페이지에 접속하니 팝업으로 합격자 안내가 떴다.

윤우는 침을 꿀꺽 삼켰다.

팝업창을 누르니 이름과 수험번호를 적는 칸이 나왔다.

서랍에서 수험표를 꺼낸 윤우는 필요한 정보를 모두 입력하고 '조회' 버튼을 눌렀다.

로딩이 시작됐다. 조회하는 사람이 몰렸는지 시간이 좀 걸렸다.

곧이어, 모니터를 바라보던 윤우의 두 눈이 살짝 커졌다.

하지만 이내 윤우의 표정은 밝아졌다.

그의 눈에 비친 화면엔, '합격'이라는 분명한 두 글자가 나타나 있었다.

윤우의 집에서 웃음소리가 끊이지 않았다. 그만큼 합격 소식은 모두가 기뻐할 만한 것이었다.

한국대학교라는 간판이 위대해서가 아니다.

윤우의 부모는 아들이 목표를 달성하기 위해 지난 3년 간 얼마나 노력했는지를 누구보다 잘 알고 있었다.

살림이 풍족하지 못해 좋은 것을 많이 해주지도 못했다. 학원도 윤우 스스로의 힘으로 장학금을 받으며 다녔다.

그럼에도 윤우는 어느 것 하나 불평하는 것이 없었다. 오히려 잘 될 거라고 가족들을 다독이기까지 했다.

그런 아들이 너무나도 자랑스러웠다.

자식이 애써 거둔 열매를 보고 눈물을 아낄 부모는 세상에 존재하지 않는다.

"장하다, 정말 장하다 내 아들!"

윤우의 어머니는 아들을 꼭 끌어안았다. 그의 아버지도 마찬가지다. 곁에서 이를 지켜보던 예린도 감격스러운 마음에 눈물을 찔끔 흘렸다.

그 따뜻함에 윤우도 가슴이 뭉클해졌다. 전생에는 부모님을 기쁘게 해 드린 적이 별로 없었다. 하지만 지금은 다르다. 윤우는 기회를 얻었고, 그 기회를 온전히 자신의 것으로 만들었다.

윤우는 양손으로 부모님의 등을 다독여 주었다.

"이젠 마음 놓으셔도 돼요. 어서 졸업하고 아버지 어머니 편하게 해 드릴게요."

"말이라도 그렇게 해주니 고맙구나."

윤우는 고개를 가로 저었다.

"그냥 말로만 하는 게 아녜요. 어디 내놔도 부끄럽지 않은 훌륭한 사람이 될 겁니다. 그러니까 그때까지 건강하셔야 해요. 아셨죠?"

"그래, 그래."

이 이상의 감동이 있을까. 윤우의 어머니는 눈물을 흘리면서도 환하게 웃었다. 아버지는 애써 눈물을 참는 듯한 기색이었다.

그렇게 한동안 기쁨을 나눈 윤우의 가족은 거실에 앉아

이야기를 나누었다.

윤우는 앞으로의 계획을 부모님에게 말씀드렸다. 이재
환 원장의 사업을 돕게 된 것과 대학 졸업 후 대학원에 진
학하는 계획까지 모두.

당연히 윤우의 부모님은 아들을 응원해 주었다. 반대할
이유가 없었다. 윤우는 지금껏 노력해왔고, 스스로 세운
목표를 달성했으니 말이다.

그렇게 이야기가 한창일 무렵, 윤우의 아버지가 무언가
결심한 표정을 하더니 품에서 뭔가를 꺼냈다.

비닐 케이스에 통장과 도장이 들어 있었다.

"이게 뭐에요?"

"받아 둬라."

윤우는 통장을 꺼내 열어보았다. 숫자를 세어보니 천
만 원. 3년 전부터 매달 조금씩 일정 금액이 입금되어 있
었다.

"네 학자금으로 쓰려무나. 애비가 틈틈이 모았다. 큰돈
은 아니지만……."

아버지의 말에 윤우는 씁쓸히 웃었다.

그리고 통장을 다시 케이스에 넣고 아버지 쪽으로 밀어
넣었다.

받을 수 없었다.

IMF의 여파로 명예퇴직을 당한 이후 아파트와 빌딩 경

비원을 전전하던 아버지였다.

얼마 되지 않은 월급으로 천만 원이라는 거금을 모았다.

천만 원.

누구에게는 작은 돈이지만, 누구에게는 무엇과도 바꿀 수 없는 전부인 돈.

수십 년간 시간강사 생활을 했던 윤우는, 그 천만 원이라는 돈이 어느 정도의 가치를 가지고 있는지 잘 안다.

이건 돈이 아니다.

젖지 않았을 뿐이지, 아버지의 피와 땀이나 다름이 없었다.

"난 괜찮다. 어서 받으래도?"

"아뇨. 아버지. 이젠 저도 성인입니다. 제 앞가림은 제가 알아서 해야죠."

윤우는 단호했다. 눈빛이며 어조며 전혀 물러서지 않을 것이라는 기색을 보였다.

"녀석도 참…… 누굴 닮아서 이렇게 고집이 센지. 그래도 입학 등록금은 필요하지 않냐?"

"학원에서 장학금이 나올 거예요. 그러니까 이 돈은 넣어 두세요."

하지만 그게 끝이 아니었던 모양이다. 윤우는 부엌에서 과일을 손질하는 동생을 바라보며 계속 말을 이었다.

"예린이 대학도 제가 벌어서 보낼 겁니다. 졸업할 때까

지 계속. 그러니 걱정하지 마시고 이거 잘 모아 두셨다가
아버지 어머니 노후 준비 하세요."

윤우는 통장을 아버지의 손에 꼭 쥐어 주었다.

윤우의 아버지는 탄식을 흘렸다. 어머니도 마찬가지였
다. 이렇게 멋지게 자라준 아들이 기쁘고 고마울 따름이
었다.

윤우의 합격 소식은 가연에게도 전해졌다. 날이 무척 추
웠지만, 그녀는 즉시 윤우의 집 앞까지 달려왔다.

겨울이라 낮이 짧았다. 어느덧 해가 뒷산 너머로 모습을
감추고 있었다.

"뛰어 온 거야? 조심하지. 길 얼어 있었을 텐데. 넘어지
면 어쩌려고 그래?"

가연은 웃으며 고개를 가로 저었다. 가쁜 호흡이 점차
안정을 되찾고 있었다.

"축하해. 정말."

"고마워."

더 이상 말은 필요 없었다. 가연은 윤우를 꼭 안아 주
었다. 하지만 키 차이가 있어 윤우가 안아 준 것처럼 보
였디.

두 사람은 길을 따라 천천히 걸었다. 왠지 이렇게 손을 잡고 걷는 것만으로도 서로의 온기를 느낄 수 있어 춥지 않았다.

"그러고 보니, 백은대학교는 언제 발표라고 했지?"

"내일…… 걱정이야. 잠 못잘 것 같아."

"잘 될 거야. 잠 안 오면 내가 자장가 불러줄게."

"접수."

그렇게 대꾸한 가연은 소리 내어 웃었다. 그런데 점점 표정이 어두워졌다. 무언가 걱정을 하고 있는 것이 분명했다.

'무슨 일이 있나?'

그렇게 생각할 수밖에 없었다. 윤우는 그녀와 2년 이상을 함께 해왔다. 이제는 표정만 보고도 어떤 생각을 하고 있는지 알 수 있다.

"표정이 왜 그래? 뭔 일 있었어?"

"아니, 아무것도."

왠지 목소리에도 기운이 없었다.

가연이 쓸쓸한 표정을 지었다. 이런 표정은 흔치 않았던 터라 윤우는 걸음을 멈춰야 했다. 그리고 그녀가 입을 열 때까지 기다려 주었다.

"대학 들어가고 나면, 우리 자주 못 보겠지? 서로 바쁘고…… 학교도 멀고 하니까."

윤우는 그녀가 무엇을 걱정하고 있는지 대번에 알았다.

대학에 들어가고 나면 새로운 관계가 생긴다. 새로운 선후배들, 그리고 동기들. 동아리에 가입하면 또 다른 관계가 만들어진다. 대외 활동은 말할 것도 없다.

가연은 그것이 걱정되었던 것이다. 국립 한국대학교는 국내 최고의 명문. 윤우가 갑자기 먼 곳으로 훌쩍 떠나 버린 것 같은 느낌이 들 수밖에 없는 상황이다.

'확신이 필요한 거구나.'

윤우는 그렇게 결론을 내렸다. 어떻게 보면 지금이 고비일 수도 있었다. 수많은 연인들이 대학 진학 후 헤어진다는 사실을 두 사람은 잘 알고 있었다.

하지만 윤우는 가연과 헤어질 생각이 없었다.

윤우는 가연의 손을 꼭 잡았다. 그리고 앞으로 천천히 걷기 시작했다.

"우리, 여행가서 재미있게 놀다 오자. 여기 저기 구경도 하고, 맛있는 것도 많이 먹고."

"응."

그제야 가연의 표정이 조금 풀어졌다. 발걸음도 훨씬 가벼워졌다.

그때, 윤우와 가연은 같은 생각을 품고 있었다.

이번 겨울 여행을 통해 평생 잊을 수 없는 멋진 추억을 만들겠다고.

NEO MODERN FANTASY STORY

뉴 라이프
NEW LIFE

Scene #14 졸업식

Scene #14 졸업식

　교복을 입은 윤우는 방을 나섰다. 거울 앞에 서서 명찰이 잘 달렸나 확인하고, 가연이 선물해 준 목도리를 그 위에 걸쳤다.

　'교복도 이제 마지막인가? 왠지 기분이 묘하네.'

　오늘은 상훈고등학교에서 졸업식이 열리는 날이다. 그리고 윤우는 그 졸업식의 주인공이었다.

　식은 오전 10시부터 시작하지만, 윤우는 평소처럼 아침 일찍 서둘렀다.

　"오빠, 벌써 가?"

　예린이가 눈을 비비며 거실로 나왔다. 하품을 하는 모습이 귀엽다.

"좀 더 자라. 아직 시간 좀 남았으니까. 아 참, 이따 아버지 어머니 잘 모시고 오고."

"응. 알았어."

밖으로 나온 윤우는 부지런히 걸어 학교에 도착했다. 이른 시간이라 등교하는 학생들은 거의 없었다.

학교는 오랜만이었다. 졸업을 앞둔 터라 올 일이 거의 없었기 때문이다. 교문을 통과하고 나니 안쪽에 걸려있던 현수막이 눈에 띄었다.

합격을 축하합니다!

한국대학교 김윤우(국문), 윤슬아(영문), 엄선웅(물리)

이제야 뭔가 합격했다는 실감이 났다. 어깨를 편 윤우는 미소를 지으며 본관 건물 안으로 들어갔다.

가장 먼저 찾은 곳은 교무실이었다. 졸업식이다 보니 평소보다 일찍 출근한 선생들이 많았다.

"어, 김윤우!"

김유진 선생이 손을 들어 알은 척을 했다. 고개를 숙여 인사한 윤우는 김 선생의 자리로 향했다.

"졸업 축하한다. 한국대 합격도 축하하고. 내가 뭐랬어? 너 꼭 합격할 거라고 했잖아."

"그러게요. 이제 분필 내려놓고 돗자리 까셔도 되겠는

데요?"

"뭐? 돗자리? 하하, 이제 졸업한다고 농담 수위가 좀 세다? 아무튼 이제 제자 겸 후배가 됐네. 가끔 학교 소식 전해주러 와. 연락도 종종 하고. 알았지?"

윤우는 꼭 그러겠다고 답했다. 빈말은 아니었다. 그녀에겐 빚진 게 많았으니까. 참교사라고 불릴 만한 몇 안 되는 선생 중 하나이기도 했다.

다른 선생들과도 작별 인사를 나눈 윤우는 학생회실 열쇠를 챙겨 학생회실로 향했다.

문을 열고 들어가자 익숙한 풍경이 펼쳐졌다. 고등학교 1학년부터 학생회장에 당선된 이후까지 이곳에서 줄곧 생활해왔다. 집만큼 정이 든 곳이었다.

그런데 그때 뒤에서 인기척이 들렸다. 윤우는 누군가 싶어 고개를 돌렸다.

"역시 와 있었네."

슬아였다.

안으로 들어온 그녀는 윤우의 곁에 섰다. 그리고 윤우처럼 주변을 둘러보기 시작했다.

어느새 두 사람은 약속이라도 한 것처럼 추억에 흠뻑 젖은 미소를 짓고 있었다.

"아직도 생각난다. 축제 후원금 때문에 너랑 말다툼 했던 거."

슬아는 고개를 끄덕여 윤우의 말에 동의했다.

"하지만 네가 뭔가 잘못 알고 있는데, 그건 말다툼이 아니라 정당한 토론이었어."

윤우는 피식 웃으며 화제를 돌렸다.

"그런데 어쩐 일이야? 졸업식 시작하려면 아직 멀었는데."

"글쎄. 아마도 너랑 같은 이유?"

그 한마디에 윤우는 확실히 느낄 수 있었다. 슬아는 변했다. 긍정적인 방향으로 말이다.

그렇게 한참이나 안을 둘러본 두 사람은, 정든 학생회실에 작별을 고하고 밖으로 나왔다.

윤우는 어딘가로 걸음을 옮겼다. 이번에는 건물 밖이었다. 슬아는 그 뒤를 따라갔고, 두 사람은 말없이 걷기만 했다.

"여친이 떠준 거야? 그 목도리."

윤우는 목도리를 만지작거리며 고개를 끄덕였다. 슬아는 물끄러미 목도리를 살펴본다.

"따뜻해 보이네."

"무척."

슬아는 고개를 정면으로 돌렸다. 그리고 의미심장한 미소를 지었다.

윤우의 목적지는 본관과 운동장 사이에 있는 쉼터였다.

윤우가 자리를 잡자 슬아도 조용히 그 옆에 앉았다. 주변엔 아무도 없어 조용했다.

이곳 또한 학생회실과 마찬가지로 추억이 남은 곳이다. 선거 운동을 할 때 친구들과 함께 모여 점심을 먹거나 회의를 하곤 했었다.

먼저 말을 꺼낸 것은 슬아였다.

"시간 참 빠르다."

"그러게. 벌써 졸업이야. 너랑 성적 놓고 경쟁할 때가 엊그제 같은데."

잠시 침묵이 돌았다. 슬아는 뭔가를 얘기하고 싶은 눈치였다. 그녀를 힐끗 바라 본 윤우는 넌지시 말했다.

"할 얘기 있으면 해. 그렇게 뜸들이지 말고."

조금 더 용기가 필요했나보다. 계속 머뭇거리던 슬아는 결국 눈을 꾹 감고 용기를 냈다.

"있지, 여기에서 도시락 먹으면서 떠들었던 거…… 기억해?"

"당연하지. 그걸 어떻게 잊어? 너 그때 웃는 연습 하느라 고역이었잖아. 이거 꼭 해야 하냐면서."

그런데 슬아는 고개를 가로 저었다.

"아니. 실은 꽤 즐거웠어."

의외의 대답이 나오자 윤우는 흥미롭다는 표정을 지었다.

"너답지 않게 솔직하다?"

"그러게. 누구 때문에 이렇게 변했네. 예전의 나라면 이런 얘기조차 꺼내지 못했을 텐데."

그 말을 끝으로 슬아는 자리에서 일어섰다. 그리고 윤우를 마주 바라보며 당당히 섰다. 하지만, 얼굴엔 온화한 미소가 가득하다.

"언젠가 네가 말했었지? 내가 학교 다니는 게 재미없어 보인다고. 확실히 그랬어. 나는 공부에만 정신이 팔려 있었거든. 바보같이 말이야."

분명히 기억한다. 축구 연습을 하러 가는 도중 슬아를 만나 학생회장 선거에 같이 나가보지 않겠냐고 제의를 했던 그 때였다.

윤우가 기억을 떠올리는 사이 슬아가 한 발자국 더 가까이 다가왔다.

두 사람의 시선이 허공에서 얽혔다.

"그런데 그때 넌 이렇게 말했어. 학교 다니는 걸 재미있게 만들어 준다고."

"기억 나. 분명 그랬었지."

슬아는 고개를 끄덕였다.

"재미있었어. 덕분에."

"다행이네."

그렇게 대답을 하긴 했지만, 윤우는 뭔가 분위기가 이상하게 흘러간다는 느낌을 받았다.

어느새 슬아는 한 발자국 더 가까이 다가와 있었다. 서로의 입김이 닿을 만한 거리가 되었다.

하지만 슬아는 한동안 말을 잇지 못했다. 뭔가 꺼내기 어려운 말을 하려는 모양이었다.

"졸업하기 전에 꼭 전해두고 싶었어. 조금 낯간지러운 말이지만……"

슬아는 심호흡을 했다. 그렇게 나머지 말을 마음속 깊숙한 곳에서 꺼냈다.

"고마워."

그렇게 말한 슬아는 한 발자국 더 다가왔다. 그리고 허리를 굽혔다.

"이건 작은 선물이야."

잠시 멍하니 있던 윤우는 깜짝 놀랐다.

눈을 감은 슬아가 점점 가까이 다가오고 있었던 것이다.

윤우는 황급히 자리를 피했다. 덕분에 슬아의 입술은 목적지에 닿지 못했다.

두 사람이 엇갈려 자리가 바뀌었다. 슬아는 쉼터에 앉았고, 윤우는 돌아서서 슬아를 바라보고 있다.

"……"

윤우는 이 상황을 도무지 이해할 수 없었다. 그녀는 '작은 선물'이라고 속삭였지만, 이것은 아무리 봐도 작은 선물이라 할 수가 없다.

그녀는 지금 분명한 호감을 드러내고 있었다.

친구가 아니라 이성으로서.

자신에게 애인이 있다는 것을 잘 알면서도 말이다.

'도대체 왜?'

윤우는 그동안 슬아가 변해 온 것을 인지하고 있었다. 학생회 활동을 하면서 그녀는 학교생활을 즐겼고, 남들을 배려할 줄 알게 되었다.

매번 같이 어울리다 보니 사이가 가까워지는 것은 당연했다. 때로는 사귀는 게 아니냐고 오해를 받기도 했다. 둘은 외적으로도 제법 잘 어울렸으니까.

사실 환경적으로 보면 특별한 감정이 생겨도 전혀 이상하지 않긴 했다.

'어쩌면 거기서부터 잘못된 것일지도 모르겠다. 내가 너무 경솔하게 행동했어.'

처음부터 그럴 의도는 전혀 없었지만, 자신이 베푼 친절이 뜻하지 않은 결과를 불러온 것이다. 상훈고의 여신인 슬아가 자신을 좋아할 리가 없다고 방심한 것이 컸다.

과거를 다시 돌이킬 수는 없었다. 책임은 슬아에게만 있는 것이 아니다. 오히려 원인을 제공한 자신에게 더욱 큰 책임이 있었다.

'그러니까 정리해야 해. 기회가 있을 때 깔끔하게.'

슬아는 같은 인문대 소속이다. 대학에서 꽤 자주 마주칠 것이다.

만약 이런 장면을 가연이 보기라도 한다면 돌이킬 수 없는 결과를 낳게 된다. 정신이 번쩍 든다. 그런 상황은 어떻게든 피해야 했다.

윤우가 진지하게 말했다.

"윤슬아. 방금 그건 좀 지나친 것 같은데."

그런데 슬아는 웃었다. 마치 윤우의 반응을 예상이라도 한 것처럼.

"왜 그렇게 예민하게 그래? 얘기했잖아. 작은 선물이라고."

방금까지 느껴졌던 미묘한 기운이 사라졌다. 슬아는 평소와 다름없는 모습으로 돌아와 있었다. 도도한 미소가 입가에 자리하고 있다.

뭔가 착각이라도 한 걸까?

윤우는 조금 혼란스러웠지만, 다시 한 번 확실하게 못을 박았다.

"그런 선물은 됐어. 고맙다는 말만 받을게."

잠시 침묵이 돌았다. 하지만 슬아는 풋 하고 웃음을 터트렸다.

"왜 그렇게 정색하는 지 모르겠네. 장난이었어. 왠지 여기에 있으니 선거 운동할 때 너한테 당한 게 생각나서 빌아. 니도 한 번 낭해보라고 한 거야."

"장난이라고?"

"그래. 내가 미쳤어? 너랑 키스하게?"

윤우는 두 눈을 깜빡였다. 뭔가 크게 당한 느낌이 들었다. 긴장이 풀리며 허탈한 기분이 들었다. 장난이라니…….

"잠깐. 너 무슨 오해를 한 건데? 설마, 내가 너 좋아하는 걸로 착각했니?"

"그럴 수밖에 없잖아? 상황이 상황이니까."

슬아는 말아 쥔 주먹으로 입을 가리며 쿡 하고 소리 내어 웃었다.

"김윤우, 너 지금 되게 웃긴 거 알아?"

그렇게 일방적으로 상황을 마무리한 슬아는 시계를 보더니 자리를 털고 일어섰다.

"슬슬 가야겠다."

그녀의 말에 윤우도 시계를 바라보았다. 9시가 거의 다 되어 있었다.

"이따 졸업식 때 답사해야 하거든. 대본을 써오긴 했는데 뭔가 좀 이상한 것 같아서."

슬아는 학년 대표로 단상에 올라 답사를 하게 되었다. 최우수 졸업생으로는 윤우가 뽑혔지만, 3학년 대표로 답사를 맡게 된 것은 슬아였다.

슬아가 영악한 미소를 지으며 윤우를 바라보았다.

"그래서 말인데 김 박사. 시간 괜찮으면 대본 좀 봐줄래? 왠지 너 한가해 보여서."

"한가하지는 않지만…… 그래. 그 정도야 봐줄 수 있지. 앞으로 이런 장난 안 친다고 약속한다면 말이야."

"알았어. 그럼 교실로 들어가자. 여긴 추우니까."

윤우는 선뜻 그녀의 뒤를 따랐지만, 뭔가 매듭이 완전히 지어지지 않은 느낌에 입맛이 썼다.

◈

졸업식은 들뜬 분위기 속에서 진행되었다.

교감과 교장의 축사가 끝나자 최우수 졸업자 장학금 수여식이 열렸다. 그 주인공은 윤우였다.

"최우수 졸업자. 3학년 1반 김윤우 학생, 앞으로."

사회자가 호명하자 맨 앞줄에 앉아 있던 윤우가 앞으로 나갔다. 붉은 카펫이 깔린 길을 따라 걸으며 단상으로 올라갔다.

윤우가 올라오자 이사장이 직접 상장을 수여했다. 좌중에서 박수소리가 터져 나왔다. 환호성이 얼핏 들리는 듯했는데, 그 목소리의 주인공은 당연히 박성진이었다.

상장과 꽃다발을 건넨 이사장이 윤우의 어깨를 토닥였다.

"윤우 학생. 축하하네. 소감 한마디 하지?"

"예?"

뜻하지 않은 이사장의 제의에 윤우는 살짝 놀랐다. 하지만 그는 마이크 앞에 섰다. 누군가의 앞에 서는 것은 이제 너무나도 익숙했으니까.

수상 소감은 예정에 없던 일이었다. 무엇을 말해야 할까. 마이크 앞에 선 윤우는 잠깐 고민했다. 하지만 그 고민은 길지 않았다.

윤우는, 그 악마 같은 사내의 모습을 떠올리는 것으로 소감을 시작했다.

"저에게 뜻하지 않은 기회가 주어졌었습니다. 그리고 전 그 기회를 놓치지 않기 위해 지난 3년간 끊임없이 노력했던 것 같습니다. 물론 실패할 때도 있었습니다. 하지만 포기하지 않고 달려온 덕에 오늘의 제가 있을 수 있었습니다."

윤우는 잠시 말을 끊었다. 그리고 학생들을 쭉 훑어보며 계속 말을 이었다.

"학생회장을 하며 많은 것을 배웠습니다. 저는 다니고 싶은 학교를 만들기 위해 친구들과 머리를 맞댔습니다. 때로는 선생님들께 도움을 받기도 했습니다. 그리고 지금은, 예전보다 아주 조금은 학교가 좋아졌다고 생각합니다."

환호성이 들렸다. 맨 뒤열에 서서 지켜보고 있던 학생들이었는데, 현 학생회 임원들이었다. 윤우는 그들을 바라보며 미소를 보냈다.

"그래서 전 즐겁습니다. 선생님들과, 그리고 후배들과, 그리고 이미 졸업한 선배님들과 함께 했던 이 모든 시간이 말입니다. 저는 이 추억을 마음속에 소중히 간직하고 앞으로 걸어가겠습니다. 감사합니다."

오늘 행사 중 가장 큰 박수가 터져 나왔다. 윤우는 고개를 숙여 인사한 다음 단상에서 내려갔다.

이어 송사와 답사가 시작됐다. 송사는 현 학생회장이, 답사는 슬아가 맡았다. 슬아는 윤우가 고쳐준 대로 대본을 읽어 나갔다.

그리고 시간이 흘러, 사회자가 엄숙히 폐회를 선언했다.

"이것으로, 제 25회 상훈고등학교 졸업식을 마치도록 하겠습니다."

그렇게 졸업식은 완전히 막을 내렸다.

식이 끝나고 윤우는 가족들의 품으로 돌아왔다.

"아들. 졸업 축하한다."

윤우의 어머니가 윤우에게 꽃다발을 안겨 주었다. 아버지도, 예린이도 축하 인사를 건넸다.

"부럽다. 이제 오빠는 대학생이네. 나도 빨리 졸업해서 자유를 누리고 싶어."

윤우는 피식 웃었다.

사실 수능을 보고 나면 모든 게 끝이라고 생각하겠지만,

대학교에서도 시험을 본다. 게다가 대학을 졸업하면 취업이라는 또다른 난관이 기다리고 있다.

그 때가 되면 분명 동생은 아무 걱정 없이 공부만 해도 되는 학창시절을 그리워할 것이다.

"너도 내년이면 졸업이잖아. 투정 부리지 마. 그나저나 아버지 어머니. 혼잡스러워지기 전에 나가서 사진 찍을까요?"

"그래. 그러자."

윤우는 가족과 함께 강당 밖으로 나갔다. 내년이면 예린이의 졸업식 때문에 다시 오겠지만, 사진을 몇 장 남기고 싶었다.

윤우는 본관 건물을 배경으로 사진을 한 장 찍었다. 그리고 어머니와 아버지 사이에 서서 한 장 더 찍었고, 마지막으로 예린이와 사이좋게 한 장 찍었다.

"선배님!"

그때 한 무리의 학생들이 강당 입구 쪽으로 달려왔다. 윤우와 슬아의 뒤를 이은 새 학생회 임원들이었다.

"졸업 축하드립니다!"

"축하해요 선배!"

남학생과 여학생이 각각 들고 있던 꽃다발을 윤우에게 주었다. 덕분에 윤우의 양손이 풍성해졌다.

"고맙다. 너희들 때문에 정말 즐거웠어."

"아녜요. 선배님이 계셔서 얼마나 든든했는지 모릅니다. 학교도 좋게 바뀌었구요."

윤우는 공약을 100퍼센트 이행했다. 교육환경과 학생 복지 수준이 전과는 비교할 수 없을 정도로 많이 올랐다. 아까 소감을 말할 때 아주 조금은 좋아졌다는 말은 겸손이었다.

"졸업해도 자주 들러 주실 거죠?"

윤우는 흔쾌히 고개를 끄덕였다.

"물론이지. 시간 되면 연락하고 오마."

"빈손으로 오시면 안 돼요. 알았죠?"

고개를 끄덕인 윤우는 학생회 임원들과 한데 어울려 사진을 한 장 찍었다.

그런데 그게 끝이 아니었다. 불쑥 나타난 박성진이 윤우 옆에 섰다. 그 옆엔 슬아와 나리의 모습도 보였다. 아마 사전에 연락을 취한 모양이었다.

보기만 해도 든든한 친구들이었다. 윤우는 감회가 섞인 목소리로 한마디 했다.

"옛 학생회 임원들이 다 모였네."

"이젠 좀 지겹지? 그래도 마지막이니 기념으로 한 방 찍자."

성진의 말에 슬아가 차갑게 대꾸했다.

"넌 예의라는 것도 모르니? 그 전에 인사부터 드려야지."

슬아는 윤우의 부모 앞에 서서 공손히 인사했다.

"안녕하세요. 윤슬아입니다. 처음 뵈어요."

고등학생답지 않은 정중한 인사였다. 허리를 편 슬아는 살짝 미소를 지었다. 슬아의 이곳저곳을 관심 있게 살펴보던 윤우의 어머니는 이내 환하게 웃었다.

"어머, 네가 슬아니? 이야기는 많이 들었단다. 우리 아들이랑 학생회 임원 같이 했다고. 그나저나 참 예쁘게 생겼네. 안 그래요?"

"그러게. 딱 며느리 삼으면 좋겠는데?"

윤우의 어머니는 남편의 옆구리를 쿡 찔렀다.

"어휴, 당신. 처음 본 학생한테 그게 무슨 말이에요?"

한껏 꾸중을 들은 아버지는 멋쩍게 머리를 긁적거렸다. 하지만 슬아는 그저 웃고만 있다.

그 모습을 지켜보던 윤우는 왠지 모를 찝찝함을 느꼈지만, 별일 없을 거라고 판단하고 넘어가기로 했다. 슬아는 합리적인 사람이다. 확실히 못을 박았으니 두 번 다시 그런 장난은 치지 않을 거다.

"안녕하세요. 나리예요."

"저예요. 성진이. 기억하시죠?"

그 뒤로 나리와 성진이도 각각 인사를 했다. 윤우의 부모는 그들의 손을 잡아주며 졸업을 진심으로 축하해 주었다.

성진이 박수를 두어 번 치며 목소리를 높였다.

"자. 그럼 사진을 찍어 보실까?"

"응!"

나리는 신이 난 모양이다. 이리 저리 뛰어다니며 사진을 찍을 장소를 물색하기 시작했다.

"여기가 좋을 것 같아!"

나리가 저쪽에서 손을 흔들어 보였다. 고개를 끄덕인 윤우는 카메라를 아버지에게 부탁했다. 그리고 학교의 상징물인 고목나무 앞에 서서 포즈를 취했다.

왼편엔 슬아와 나리, 오른편엔 성진이와 예린이가 줄을 맞춰 섰다.

찰칵—

깨끗한 셔터소리와 함께, 그들의 빛나는 학창시절의 마지막이 필름에 아로새겨졌다.

가족과 함께 점심식사를 하고 집으로 돌아온 윤우. 잠시 숨을 돌리고 컴퓨터 앞에 앉아 워드프로세서를 켰다.

그가 문서 상단에 적은 것은 '제안서'였다. 이번 주에 명성학원 인터넷사업팀 미팅이 잡혀 있다. 윤우는 그 건에 째한에게 보여줄 목석으로 아이디어를 정리하려는 것이다.

굵직한 키워드를 몇 개 던져놓고, 그것을 보며 세부적인 것들을 추가해 나가는 것. 그것은 윤우가 아이디어를 정리하는 가장 기본적인 방식이었다.

우선 윤우는 대명제를 하나 적었다.

− 수준 높은 강의를 전국 어디에서나!

이것이 윤우가 생각하는 인터넷 강의의 핵심이었다.

인터넷 강의로 인해 비교적 저렴한 가격으로 명강사들의 강의를 들을 수 있는 환경이 만들어진다. 그리고 지방 학생들이 가진 교육에 대한 열망이 자연스레 매출로 이어지게 된다.

윤우는 다음 키워드를 적어 나갔다.

− MEET, DEET, LEET

의치학전문대학원과 법학전문대학원 관련 강의도 윤우의 계획에 포함되어 있었다. 향후 몇 년 내로 전문대학원이 도입될 것이다. 지금부터 착실히 준비한다면 시장을 선점하는 것은 어렵지 않은 일이다.

− 아동 교육용 콘텐츠

사업이 확장되면 아동 교육에도 투자를 해 볼 가치가 있다. 예나 지금이나 아이들 교육에 관한 사업은 늘 호황이니까 말이다. 캐릭터 산업과 연계에서 진행하면 좋은 성과를 얻을 수 있을 것이다.

띠리리링—

몇 가지 아이디어를 더 정리하는 와중에 전화가 걸려왔다. 소진욱 교수였다.

– 통화 괜찮나?

"예, 선생님. 무슨 일이세요?"

– 오늘 시간 있나 싶어서. 자네에게 꼭 소개해 주고 싶은 사람이 있거든.

특별한 일은 없었기 때문에 윤우는 시간을 내겠다고 했다. 약속은 오후 4시 소진욱 교수의 연구실로 잡혔다. 그렇게 윤우는 전화를 끊었다.

'소개해 줄 사람이라니, 누구지? 국문과 교수들은 아닐 텐데……'

윤우는 의문이 들었지만, 이내 고개를 가로 젓고는 제안서 작성에 열을 올렸다.

"오빠."

거실에서 자신을 부르는 소리가 들리자, 고개를 갸웃거린 윤우는 방에서 나왔다. 예린은 소파에 비스듬히 누워 TV를 보고 있었다.

"왜?"

"일어선 김에 물 좀 갖다 줘. 목말라."

"……."

또 당하고야 말았다.

한숨을 쉰 윤우는 냉장고에서 생수를 꺼내 컵에 따랐다. 뒤늦게 사춘기가 온 것인지, 아니면 수험생이라 스트레스가 쌓인 것인지 예린은 최근 이런 장난을 치곤 한다.

'그래도 뭐, 잠깐이겠지.'

윤우는 눈감아 주기로 했다. 자신이 고3때는 예린이가 많이 신경을 써줬으니, 이제 그녀에게 베풀 차례다.

"옛다."

"고마워. 근데 오빠. 오늘은 어디 안 나가? 가연 언니랑 약속 없나?"

이제는 예린이도 가연의 존재에 대해 잘 안다. 하도 보여 달라고 들볶은 탓에 두세 번 만난 적이 있었다. 최근엔 둘이 친해졌는지 개인적으로도 연락을 주고받는 듯했다.

"이따 네 시에 다른 약속 있어. 저녁 잘 챙겨 먹어라."

"응. 올 때 야식으로 치킨 사오는 거 잊지 마."

"……."

윤우는 반박할 수가 없었다. 역시 고3은 최고의 상전이다. 그저 한숨만 나온다.

방으로 돌아온 윤우는 옷을 입고 나갈 준비를 했다. 아직 좀 여유가 있었지만 일찍 서둘러서 나쁠 것은 없었다.

한국대학교까지는 지하철을 타고 30분, 그리고 버스를 타고 15분 정도를 더 들어가야 했다. 넉넉잡아 한 시간 거리라 윤우는 가연이와 문자를 주고받으며 시간을 때웠다.

그 과정에서 윤우는 의외의 문자를 받았다. 가연은 부모님께 여행 허락을 받았다고 했다. 그리고 여행을 당일치기가 아니라 1박 2일로 다녀오고 싶다는 뜻을 보였다.

'당일치기로 다녀오자고 할 줄 알았는데.'

어느 쪽이든 나쁘지 않았지만, 가연과 하룻밤을 같이 보내게 된다는 사실이 윤우를 설레게 했다.

그녀는 조금 보수적인 성격이었다. 전생에서 처음 밤을 함께 보낸 것도 만난 지 굉장히 오래 지나서였다.

그런데도 가연은 1박 2일로 여행을 다녀오자고 한다.

뭔가 특별한 이유가 있는 것은 아닐까, 윤우는 그런 생각이 들었다.

– 이번 정류소는 대학본부입니다. 다음 정류소는 법대 입구입니다.

"아차."

윤우는 가방을 들고 재빨리 일어섰다. 생각이 깊어지다 보니 어느새 목적지에 도착한 것이다.

버스에서 내려 곧장 언덕을 올라 인문관으로 올라갔다. 저 멀리 상아색 건물이 보인다. 앞으로 저곳에서 공부할 거라는 생각이 드니 친근하게 느껴졌다.

3층으로 올라가 소진욱 교수 연구실에 도착한 윤우는 노크를 하고 안으로 들어갔다.

"선생님, 안녕하세요."

"좀 일찍 왔군 그래. 자, 거기 앉아."

이미 합격 축하 메시지는 교환했기 때문에 두 사람 사이에 별 말은 없었다.

그런데 연구실엔 소진욱 교수 말고도 다른 사람이 한 명 더 있었다.

더벅머리에 하얀 피부. 조금 무심해 보이면서도 차분한 눈빛이 인상적인 청년이었다. 체구가 좀 작긴 했지만 외모로만 보면 윤우와 비슷한 또래로 보였다.

국문과 선배일까? 처음 보는 얼굴이었다.

"저…… 안녕하세요."

윤우가 먼저 인사를 건넸지만, 소년은 목례를 하는 것으로 인사를 받았다. 그도 좀 어색해하는 눈치였다.

"인사들 하지. 이쪽은 김윤우. 기사에서 본 적이 있지?

이번 03학번 신입생이야. 그리고 이쪽은 김승주. 마찬가지로 국문과 03학번이지."

같은 신입생이라는 말에 윤우는 긴장을 조금 풀 수 있었다.

그런데 곧장 의문이 들었다. 왜 선배를 소개해 주는 것도 아니고 같은 신입생을 소개해 주는 걸까?

"어차피 오리엔테이션 자리에서 통성명을 하고 금방 친해지겠지만, 자네 둘은 특별한 학생들이라 이렇게 먼저 자리를 마련했어."

소 교수는 능숙하게 커피를 덜어 그 위에 뜨거운 물을 부었다. 쪼르르 소리가 들리며 갈색 액체가 주전자로 흘러내렸다. 곧 구수한 커피향이 연구실을 가득 메웠다.

윤우는 그 장면을 지켜보며 질문을 던졌다.

"특별한 학생이요?"

"그래. 벌써부터 대학원 진학을 목적으로 하고 있는 학생들이지. 게다가 지도교수로 나를 지목했고. 학과장님께 전달받아. 특히 김승주 군은 윤우 군 자네처럼 탁월한 식견을 가졌더군."

지도교수라면 몰라도, 대학원 진학을 목적으로 하고 있다는 것은 흘려들을 수 없는 말이었다.

대학원에 진학하겠다는 것은 결국 교수가 되겠다는 것이다. 한국대학교를 졸업하고 동 대학원을 마쳐 교수가 되려는 것은, 결국 한국대에서 교수를 하겠다는 것과 다름이 없다.

윤우는 냉철하게 현 상황을 판단했다.

'경쟁자인가.'

일단 전생의 기억을 되짚어 보았다. 하지만 아무리 생각해도 김승주라는 이름을 가진 학자가 떠오르진 않았다. 한국대에는 더더욱 그런 이름이 없었다.

"거기 앞에 놓인 리포트를 한 번 읽어봐. 승주 군이 써온 건데 무척 흥미로웠어."

소 교수의 말에 윤우는 테이블에 놓인 A4 묶음을 집었다. 그리고 하나씩 펼쳐 내용물을 읽기 시작했다.

솔직히 말해 윤우는 소름이 돋았다.

논리적인 비약이 보이는 곳이 몇 군데 있긴 했지만, 20살이라는 나이로 이런 리포트를 써올 수 있다는 사실이 믿어지지가 않았다. 차분한 어조로 자신의 생각을 명쾌하게 풀어내고 있었다.

한마디로 천재라고 해도 좋았다.

윤우는 가슴이 뛰었다. 불안감 때문은 아니었다. 학자로서의 호기심이 앞섰다. 이 친구가 어떤 생각을 가지고 있는지 궁금해졌다.

"대단한데요?"

솔직하게 평가를 내린 윤우는 리포트를 내려놓았다. 한

편 승주는 연한 미소를 짓더니 입을 열었다.

"네가 쓴 논문 읽어봤어. 민태원에 관한 논문이었지? 나도 식민지시대 소설에 관심이 많거든. 괜찮으면 정보도 교환하고 그러자."

잠시 말을 멈춘 승주는 메모지에 자신의 전화번호와 메일 주소를 적어서 윤우에게 건넸다.

"나중에 문자로 네 메일 주소 보내줘. 같이 의논할 게 있거든. 김교제의 '비행선' 혹시 읽어봤어?"

윤우는 고개를 끄덕였다. '비행선'은 개화기의 대표적인 대중소설로 평가받는 작품이었다.

"그럼 말이 좀 통하겠는데? 그 소설 원전 확정 때문에 그러는데, 전문가들은 쥘 베른의 '기구를 타고 5주일'을 번역한 거라고 하지만 나는 동의하지 않거든. 아무리 봐도 번안이라고 할 수준이 아니야."

승주의 견해를 들은 윤우는 흥미가 생겼다. 올바른 추론이었다.

김교제의 번안소설 '비행선'은 2011년 한 연구자의 노력에 힘입어 그 원작소설이 밝혀지게 된다. 윤우는 '비행선'의 원작소설이 무엇인지 알고 있었다.

하지만 이 자리에서 그 소설이 무엇인지 밝힐 필요는 없었다. 그것은 자신의 아이템이었고, 아직 김승주라는 사람을 신뢰할 수는 없었다.

잠시 할 말을 고르던 윤우가 답했다.

"쥘 베른의 그 소설, 영문판으로 읽어본 적이 있어. 확실히 공간적 배경이 다르지. '비행선'의 주무대는 가맹특, 음역어로 네팔의 수도인 카트만두를 뜻하지. 하지만 '기구를 타고 5주일'은 배경이 아프리카야. 등장인물이 다른 것은 말할 것도 없고. 아마 김교제의 소설은 다른 작품을 보고 번안했을 거야."

승주는 고개를 크게 끄덕였다. 완전히 동의한다는 의미였다.

"역시 너도 그렇게 생각하지?"

"하지만 원작을 찾지 않는 이상 가설에 불과하겠지."

미소를 되찾은 윤우는 승주를 바라보았다. 그의 목소리에서 열정을 느낄 수 있었다. 왠지 대화를 나눌수록 친근함이 드는 친구였다.

윤우는 그 친근함의 근원이 무엇인지를 고민해 보았다.

연구에 대한 열정.

다시 말해, 승주는 자신과 굉장히 비슷한 성향을 가진 친구였던 것이다.

"자료를 좀 더 모아야 하는데 혼자서는 벅차네. 괜찮으면 너랑 같이 작업을 하고 싶다."

그의 진심이 담긴 제안에 윤우는 고개를 끄덕였다.

처음에는 김승주라는 친구가 의심되었던 것은 사실이

었다. 나이에 비해 문학적 견해가 풍부했기 때문에, 그 악마 같은 사내가 뭔가 술수를 부린 게 아닌가 싶었기 때문이다.

하지만 윤우는 그 때와는 조금 다르다는 인상을 받았다. 이기훈의 눈에는 늘 탐욕과 분노가 서려 있었다. 하지만 김승주의 두 눈은 학문적 호기심으로 가득했다.

결국 윤우는 전생에 자신이 경험하지 못한 과거라는 결론을 내렸다. 그제야 승주에게 가졌던 경계심을 살짝 풀 수 있었다.

"하하, 이것 참."

토론을 하는 두 학생을 흐뭇한 표정으로 바라보던 소 교수는 커피 두 잔을 윤우와 승주의 앞에 각각 내려놓았다.

"너희 둘 때문에 앞으로 우리 연구실이 바빠지겠는데?"

'우리'라는 표현이 왠지 마음에 들었다. 윤우와 승주는 미소를 지었다.

왠지 느낌이 좋았다. 오늘의 이 만남으로 인해 대학 생활이 즐거워질 것 같다는 막연한 기분이 들었다.

근처 식당에서 저녁 식사를 마치고 소 교수의 두 학생은 작별 인사를 나눴다.

하지만 윤우는 승주라는 친구에 대해 조금 더 알고 싶어졌다. 그리고 그것은 승주도 마찬가지였다.

두 사람은, 뭔가 묘한 운명적인 이끌림에 휩싸여 있었다.

불혹(不惑)의 인생을 살아 보았던 윤우는 그 이끌림이 좋은 인연으로 이어질 것 같다는 생각을 했다.

그래서 두 사람은 의기투합하여 근처 술집으로 자리를 옮겼다. 마른안주와 맥주 두 잔을 주문하고 자리에 앉아 이야기를 시작했다.

처음에는 주변에 대한 이야기를 꺼냈다. 사는 곳, 그리고 취미나 관심사에 대해서. 그 과정에서 윤우는 승주에 대해 많은 정보를 얻었다.

김승주가 문학에 관심을 두게 된 것은 순전히 그의 부모님 영향 때문이었다. 그의 부모님은 둘 다 지방대학 교수였고, 아버지는 불문과, 어머니는 국어교육과 교수였다.

승주가 계속 이야기를 이어 나갔다.

"어릴 때 좀 많이 아팠었거든. 그래서 밖에서 뛰어다니면서 노는 것보단 책을 읽는 걸 좋아하게 됐지."

"그랬구나."

많은 이야기를 나누다 보니 이제는 대화가 자연스럽게 흘러갔다. 나이도 같고 학번도 같고 관심사도 같으니 서로 친해지지 못할 이유는 없었다.

윤우가 걱정스레 물었다.

"지금은 괜찮아? 사실 좀 아파 보이긴 하다. 얼굴도 창백하고."

"나쁘진 않아. 고3 시절을 버텼는데 이 정도 쯤이야."

윤우는 고개를 끄덕였다. 한국대에 올 정도면 그도 열심히 노력을 했을 것이다.

본격적인 이야기가 시작된 것은 주문한 맥주가 나올 무렵이었다. 두 사람은 잔을 들고 가볍게 건배했다.

"많이 마시진 마라. 몸도 안 좋은데."

"괜찮다니까."

승주의 목소리가 조금 커졌다. 기분이 좋은 모양이었다.

"그런데, 대학원까지 생각하고 있다면 역시 너도 교수가 목표인 거야?"

윤우가 직설적으로 물었다. 하지만 의외의 대답이 나왔다.

"일단은 그렇긴 한데 아직은 잘 모르겠어. 하긴, 그렇게 보일 수도 있겠구나. 국문과는 유학을 가지 않아도 교수를 할 수 있는 얼마 안 되는 학과니까."

"그건 그렇지. 아무튼 나는 한국대 교수가 목표야. 그러려고 한국대에 들어온 거고."

윤우가 자신 있게 포부를 밝혔다. 승주는 그런 모습이 마음에 들었는지 고개를 끄덕인다.

"확실해서 좋네. 아무튼 만나서 반갑다. 같은 관심사를 가지고 있는 사람을 만나는 게 정말 힘든데, 다행이야."

"그건 나도 그래. 솔직히 대학원이 아니면 심도 있는 이야기를 나눌 기회가 별로 없으니까. 하지만 승주 너 덕분에 앞으로 재미있어질 것 같아."

호의 섞인 웃음 속에서 다시금 잔이 부딪혔다. 승주는 잔에 있는 맥주를 쭉 마셨다. 윤우도 그에 맞춰 벌컥벌컥 술을 들이켰다.

그렇게 기분 좋은 술자리는 밤늦게까지 계속되었다.

"오빠. 뭔 술을 이렇게 마신 거야?"

"그냥……."

윤우는 예린의 부축을 받으며 동네 골목으로 접어들었다. 비틀거리며 눈을 감고 있는 것이 금방이라도 쓰러질 것 같았다.

승주는 생각보다 술을 굉장히 잘 마셨다. 나중엔 소맥을 만들어 마셨는데, 빈 소주병만 여섯 병이었다.

"괜찮니?"

흐릿한 윤우의 눈앞에 가연의 모습이 보였다.

깜짝 놀란 윤우는 두 눈을 비벼 보았다. 조금 선명해진

시야 너머로 계속 가연의 모습이 보였다.

"잠깐, 정가연. 네가 왜 여기에⋯⋯."

"예린이가 걱정된다며 전화했어. 너희 부모님 지금 나가고 안 계신다고 해서. 그런데 왜 이렇게 많이 마셨어? 원래 술 잘 안마시잖아. 무슨 일이라도 있었니?"

걱정스러운 목소리다. 윤우는 왠지 가슴이 뭉클해졌다. 승주와 이야기를 나누느라 정신이 없어 연락 한 번 못했는데, 미안한 마음이 들었다.

"무슨 일은, 그냥 좋은 사람 만나서⋯⋯ 윽."

그 말을 마지막으로 윤우는 균형을 잃었다. 어쩔 수 없이 예린과 가연은 양쪽에서 그를 끌다시피 부축해서 집으로 데리고 갔다.

윤우가 정신을 차린 것은 새벽 두 시가 지날 무렵이었다. 머리가 띵했고, 속이 울렁거렸다. 목이 말라 참을 수가 없다.

이불을 뒤척이던 윤우는 가까스로 몸을 일으켰다.

"⋯⋯어?"

그런데 누군가 옆에 앉아 졸고 있었다. 긴 머리카락이 보조등 앞에서 흔들리고 있었다.

동생일 거라고 생각했다. 그런데 가만 생각해보니 동생이 이 시간에 자신의 방에 있을 리가 없다.

윤우는 흠칫 놀라야 했다.

의자에 앉아 졸고 있는 사람은 예린이가 아니라 가연이었기 때문이다.

'뭐지?'

윤우는 도저히 기억이 나지 않았다. 너무 많이 마신 탓에 필름이 끊긴 것이다. 어떻게 집으로 돌아와 침대에 누웠는지조차 몰랐다.

그렇다고 꿈도 아니었다. 꿈이라면 이렇게 머리가 아프고 울렁거릴 리가 없었으니까.

일단 윤우는 가연을 깨웠다.

"으응…… 아, 이제 일어났어?"

가연은 두 눈을 비비며 생긋 웃었다. 그 모습이 굉장히 귀여웠지만, 지금은 그런 걸 느끼고 있을 때가 아니었다.

"왜 여기에 있는 거야? 지금이 몇 시인데."

"어제 윤우가 술 많이 마셨다고 해서 걱정돼서 왔어. 예린이가 부모님은 시골에 내려가셨다고 하길래. 부축해 준 거 기억 안 나?"

"예린이가?"

윤우는 속으로 예린이를 혼내야겠다고 생각했지만 그만두었다. 만취한 채 동생에게 전화를 걸었던 자신의 실수가 더 컸다. 그렇다고 예린이가 성진이에게 연락을 하기는 좀 그랬을 거고.

윤우가 걱정스레 물었다.

"차 끊겠는데. 택시 잡아줄까?"

"아니, 그냥 첫차 타고 가려고. 걱정하지 마. 집엔 얘기 해 두었으니까."

"어떤 얘기를 한 거야?"

"연아가 좀 아프다고 했지."

연아에게는 조금 미안하긴 했지만, 그제야 윤우는 마음을 좀 놓을 수 있었다.

"목 마르지 않아? 물 마실래?"

윤우가 대답 대신 손을 뻗자 가연은 옆 테이블에 올려둔 물컵을 윤우에게 건넸다.

"고마워."

윤우는 물컵을 한 번에 비웠다. 그제야 속이 좀 시원해지는 느낌이 들었다. 두통은 여전했지만 정신이 한층 더 맑아졌다.

가연이 윤우의 옆으로 옮겨 앉으며 물었다.

"왜 그렇게 술을 많이 마셨어? 혹시 무슨 일 있었던 거야?"

"응? 아니, 아무것도."

"좋은 사람이 생겼다고 하던데……."

가연의 표정에 걱정이 스며들었다. 불안한 눈으로 윤우를 바라본다. 그제야 윤우는 그녀가 어떤 오해를 하고 있는지 알 수 있었다.

"아. 연락 못해서 미안. 만난 사람은 남자야. 여자가 아니라. 소진욱 교수님이 동기를 소개시켜 주셨거든."

그제야 가연의 표정이 조금 풀렸다.

"마음에 들었나 보구나?"

"말이 잘 통해. 신입생답지 않은 면도 있고. 문학에 굉장히 관심이 많은 친구더라고. 그래서 정신없이 이야기 하면서 술을 마셨지."

"너도 신입생답지 않은 면이 있는데. 별명이 김 박사잖아?"

"그런가?"

가연은 고개를 끄덕였다. 하지만 여전히 표정이 떨떠름해 보였다.

윤우는 문득 그녀가 자신의 합격을 축하해줬던 그 때의 기억을 떠올렸다. 분명 그녀는 주변상황이 바뀌는 것에 불안감을 느끼고 있었다.

'하지만 그 불안감은 겨울 여행을 끝으로 사라질 거야.'

윤우는 그렇게 확신하고 있었다. 이번 여행을 기점으로 가연과 앞으로 한 발자국 더 나아갈 것이다.

침묵이 찾아왔다. 두 사람은 서로를 가만히 바라보기만

했다. 잔잔한 조명 아래에 앉아 있는 가연의 모습은 정말 예뻤다. 새로운 모습이었다.

윤우는 그대로 가연을 껴안고 싶었지만 꾹 참아냈다. 술에 취한 채로 그녀에게 손을 대는 짓만큼은 하고 싶지 않았다. 진실성이 없어 보이니까.

"처음이네."

뜬금없는 윤우의 말에 가연이 고개를 갸웃했다.

"이렇게 늦은 시간까지 함께 있는 거."

"아."

가연은 부끄러운지 고개를 슬쩍 돌렸다. 하지만 얼굴엔 미소가 걸려 있다.

"여행 가면…… 더 늦게 있을 거잖아."

"하긴, 그러네."

뭔가 분위기가 어색해졌다.

아직 키스까지밖에 해보지 않은 두 사람이었다. 이런 식의 흐름은 익숙하지 않았다. 물론 윤우는 전생의 경험이 있으니 익숙했지만 말이다.

쑥스럽게 웃은 윤우는 자리에서 일어섰다. 그리고 방문 쪽으로 가 스위치를 켰다. 불이 들어와 안이 밝아졌다. 가연의 얼굴은 평소보다 조금 상기되어 있었다.

"잠이 좀 깨는 것 같네. 첫 차 다닐 때까지 뭐 하고 놀까?"

"술 많이 마셨는데 힘들지 않아?"

고개를 가로저은 윤우는 가연의 옆에 앉아 그녀의 손을 잡았다.

"괜찮아. 머리만 좀 띵할 뿐이야. 아, 그러고 보니 속도 좀 울렁거리는 거 같고."

"더 자. 나는 괜찮으니까."

"너도 같이 자면 더 잘게."

윤우의 조금 대담한 농담에 가연은 얼굴을 붉혔다. 그렇게 두 사람은 서로를 바라보기만 하다가 이내 웃음을 터트리고야 말았다.

NEO MODERN FANTASY STORY

뉴 라이프

NEW LIFE

Scene #15 명성학원 인터넷사업팀

Scene #15 명성학원 인터넷사업팀

한숨 푹 자고 나니 숙취는 말끔히 사라졌다. 신기한 경험이었다. 예전엔 그러지 않았는데, 아무래도 신체능력이 상승했기 때문인 것 같았다.

가연은 새벽 일찍 집으로 돌아갔다. 몸은 좀 피곤했지만, 윤우는 옷을 단단히 챙겨 입고 가연이를 집까지 데려다 주었다. 그리고 집으로 돌아와 그대로 곯아떨어진 것이다.

똑똑—

노크 소리가 들리더니 문 밖에서 예린이의 목소리가 들렸다.

"오빠. 콩나물국 끓여놨으니까 아침 챙겨 먹어. 나 학원

간다.”

“그래. 잘 다녀와라.”

윤우는 하품을 하며 시계를 확인했다. 슬슬 약속시간이 다가오고 있었다.

동생이 손수 끓여 준 콩나물국으로 아침 겸 점심을 때운 윤우는 곧장 명성학원으로 향했다.

이제 학교에 더 나가지 않아도 되고, 대학 입학이 확정되었다. 사전에 약속한 대로 이재환 원장과 사업에 대해 논의해야 했다.

명성학원 본관 건물 안으로 들어온 윤우는 잠시 멈춰서 주변을 두리번거렸다.

‘조용하네.’

학원은 텅 빈 느낌이었다. 근처의 많은 학교들이 졸업식을 했기 때문에 휴강된 수업이 많았고, 기껏해야 재수생반 강의만 열려 있었다.

윤우는 데스크로 이동했다. 젊은 여직원 이민지가 전화를 받고 있었다.

“원장님 계시죠?”

이민지는 전화를 받은 채로 고개를 끄덕이더니 손가락으로 위층을 가리켰다.

윤우는 곧장 원장실로 향했다. 안으로 들어가니 재환이 소파에 편히 앉아 신문을 읽고 있었다.

"오, 왔구나. 졸업 축하한다! 합격도!"

한달음에 달려온 재환이 악수를 청했다. 윤우는 두 손으로 악수를 받았다.

"기분이 어때?"

"음, 그냥 그래요. 별 감흥은 없어요."

재환은 시원하게 웃었다.

"하하하! 역시 넌 독특하다니까. 하긴, 한국대 교수자리를 노리는 사람이라면 이 정도 개성은 있어야지."

실제로 별다른 감정은 없었다. 이미 윤우는 전생에 고등학교 졸업을 한 번 겪었으니 말이다. 오히려 한국대에 합격했다는 사실에 고양감을 느끼고 있었다.

윤우와 재환은 소파에 마주보며 앉았다. 재환은 내선으로 마실 만한 음료를 가져오라고 지시했다.

"곧 신입생 등록 기간이지?"

"예. 목요일부터 바로 등록이 시작돼요."

재환은 고개를 끄덕였다.

"아마 내일 우리 학원 이름으로 장학금이 지급이 될 거야. 그걸로 바로 등록하면 될 거다."

"알겠습니다."

"그리고 학원 홍보 건 말인데…… 이번에 네 사진을 좀 넣어볼까 해. 논문 써서 신문에도 실렸으니 인지도가 있고 하니까. 스튜디오에 촬영 날짜 예약해 놓으마."

세상에 공짜는 없다. 장학금을 받는 만큼 학원에 도움이 되는 일을 해야 하는 건 당연하다.

"사진만 필요한 건 아니겠죠?"

"하하하, 역시 눈치가 빠른데? 가능하다면 수기를 하나 써줬으면 좋겠어. A4 한 페이지 정도로 써 주면 학원 홈페이지 리뉴얼에 맞게 게시판에 공개할 생각이야."

무언가를 쓰는 것은 윤우로서는 일도 아니었다. 게다가 충실히 고등학교 생활을 보냈기 때문에 쓸 말이 많았다. 윤우는 알겠다고 답했다.

똑똑—

"실례합니다."

그때 여직원이 따뜻한 차를 내왔고, 그녀가 나가자마자 본격적인 이야기가 시작되었다. 윤우는 미리 작성해 온 제안서를 재환에게 보여주었다.

"그럴싸한데? 역시 나랑 생각이 비슷하군. 내가 생각하지 못한 것도 있고."

"공격적인 마케팅이 필요할 거예요. 벌써 서비스를 시작한 업체들이 몇 군데 있으니까요. 하지만 아직은 어설퍼요. 그 틈을 치고 나가야 합니다."

재환은 고개를 끄덕였다.

"얼마 전에 인터넷사업팀을 꾸렸어. 직원은 네 명뿐이지만 점차 늘려갈 계획이야. 영상 등 기술적인 부분은 외주로 맡길 거고. 우린 콘텐츠만 기획하면 돼."

확실히 초반부터 판을 크게 벌일 필요는 없었다. 아직까지 인터넷 강의는 대중화되지 않았으니까. 핵심적인 부분에만 신경을 쓰고 점차 내용을 보강해 나가면 된다.

"제가 구체적으로 어떤 일을 하면 되죠?"

재환은 윤우가 가져온 제안서를 손으로 툭툭 치며 말했다.

"자문역이야. 네 좋은 아이디어를 유감없이 발휘해 주면 된다 이거지. 가끔은 학원에 나와서 애들한테 좋은 이야기도 좀 해 주고."

아마 후자 쪽에 더 무게감이 실릴 것 같았다. 아이디어라고 해도 한계가 있는 법이니까.

"사무실은 어디에 있죠?"

"여기에서 멀지 않아. 걸어서 삼 분 거리. 이따 같이 가서 인사라도 하자."

사무실은 아담했다. 60평 정도 크기에 책상이 일곱 개 배치되어 있었다. 탕비실과 회의실, 임원실이 하나씩 마련된 평범한 공간이었다.

"오셨습니까, 대표님."

상석에 앉아 있던 중년 남성 하나가 일어서서 인사를 건넸다. 이재환은 손을 들어 보였고, 같이 따라오던 윤우는 허리 굽혀 인사를 했다.

모든 직원이 일어섰다. 재환이 박수를 두어 번 치며 지시를 내렸다.

"자, 다들 회의실로 모여 봐요. 인사들 해야지."

직원들이 노트를 들고 하나 둘 회의실에 들어왔다. 대부분 젊은 사람들이었다. 아까 처음에 인사했던 중년 남성이 가장 나이가 많아 보였다.

재환은 그 중년 남성을 가장 먼저 소개했다.

"이분의 성함은 정현철. 인터넷사업팀 팀장님이야."

윤우는 목례로 그에게 인사를 건넸다.

그 다음은 정현철의 우측에 앉아 있는 젊은 여성이었다. 짧은 단발머리가 잘 어울리는 사람이었다.

"저분은 차슬기. 대리님이고."

차슬기는 눈웃음으로 인사를 보냈다. 윤우는 다시금 고개를 숙였다.

나머지 두 사람에 대해서도 소개가 이어졌다. 왠지 윤우는 이 자리가 편했다. 다들 자유복을 입고 있었고, 분위기도 밝았기 때문이다.

별로 회사라는 느낌이 나지 않았다. 흡사 스타트업 기업을 보는 듯했다.

"이쪽은 김윤우라는 친구야. 다들 알지? 우리 명성학원의 공식적인 1호 장학생이지. 이번에 한국대학교에 합격을 했어. 수재야."

수재라는 말에 윤우는 겸연쩍은 미소를 지었다.

"안녕하세요. 이재환 선생님 말씀처럼 수재는 아니지만, 앞으로 잘 부탁드립니다."

"반갑습니다."

"잘 부탁해요."

미소와 함께 인사들이 오고 갔다. 재환이 이미 윤우의 역할에 대해 소개를 해놓았기 때문에 특별히 질문이 오가거나 하지 않았다.

소개가 끝나자 재환이 공지사항을 전했다. 상투적인 말이었다. 간단히 요약하자면 자유롭게, 창의적으로 업무를 수행해 달라는 이야기였다.

잠시 후 직원들이 모두 회의실을 나갔다. 윤우와 재환은 임원실로 자리를 옮겼다.

재환은 서랍에서 인쇄된 종이를 꺼내 윤우에게 건넸다. 근로계약서였다.

"상근직이 아니니까 특별한 건 없어. 그래도 한 번 읽어보는 게 좋겠군."

계약기간은 6개월이었다. 비상근직인데도 불구하고 조건이 상당히 좋았다. 세금 제하고 120만원 정도를 수령할 수 있을 것 같았다.

"하는 일도 별로 없을 텐데 너무 많이 주시는 것 같네요."

윤우의 솔직한 감상에 재환은 피식 웃었다.

"그만큼 네가 열심히 해 주면 되지. 물론 너무 부담은 갖지 말고. 이쪽 일 보다는 학업이 우선이 되어야 하니까."

하지만 윤우는 이 일 말고도 과외를 몇 개 더 할 생각이었다. 예린의 학비도 학비였지만, 다른 일을 하기 위해서는 종자돈이 필요했다.

대강 계약서 검토를 끝낸 윤우는 마지막 장을 넘긴 뒤 재환에게 물었다.

"여기에 서명하면 되죠?"

"그래."

윤우는 펜을 들고 서명했다. 한 부를 재환에게 주고 나머지 한 부는 자신이 챙겼다.

"출근은 자유롭게 해. 네 자리는 마련해 두었으니까. 차슬기 대리랑 커뮤니케이션을 하면서 천천히 적응해 보라고. 최근까지 수험생이었으니까 학생의 입장은 네가 제일 잘 알겠지."

"죄송한데 출근은 다음 주부터 해도 괜찮을까요? 이번 주에 여행을 좀 다녀와야 해서요."

"혹시, 가연이랑?"

재환도 윤우와 가연의 사이를 잘 알고 있었다. 아무래도 둘 다 자신의 제자였으니까.

윤우가 잠시 머뭇거리다 어쩔 수 없이 그렇다고 대답하자 재환이 그의 어깨를 두드리며 크게 웃었다.

"잘하고 와라. 파이팅!"

계약을 끝낸 두 사람은 임원실에서 나와 곧장 점심을 먹으러 나섰다.

인터넷사업팀 직원들도 함께였다. 점심 회식이었기 때문에 맛집으로 소문난 소불고기 전문점으로 이동했다.

20분이나 걸은 보람이 있을 정도로 음식은 훌륭했다. 회식날인 만큼 직원들은 원없이 고기를 먹었다.

"이런 날에 술이 빠질 수는 없지. 근무 중이긴 하지만 한 잔씩들 합시다."

이재환 원장도 기분이 좋았는지 맥주 세 병을 시켰다. 그리고 손수 맥주잔을 채워 주었다.

"자자, 건배 한 번 하지."

이재환이 맥주잔을 들자 직원들이 일제히 잔을 들어 올렸다.

"인터넷사업팀의 미래를 위해, 건배!"

"건베!"

잔과 잔이 부딪히며 시원한 마찰음을 냈다.

차슬기 대리 옆자리에 앉은 윤우도 맥주를 쭉 들이켰다. 술을 꽤 많이 마셔본 태가 났다. 짭쪼름한 고기엔 역시 맥주가 딱이니까.

곁에서 맥주를 홀짝거리던 차 대리는 흥미로운 눈으로 윤우를 쳐다보았다.

"왠지 술 잘 마실 것 같은데?"

"아뇨, 그냥 목이 말라서요."

차 대리는 팔꿈치로 윤우를 툭 건드렸다.

"에이. 괜히 빼지 말고. 공부만 잘하는 게 아니라 술도 잘 마시는 거구나? 후훗. 언제 처음 술 마셔봤어?"

차 대리는 은근히 반말조로 말했다. 붙임성이 좋은 사람인 것 같았다. 그랬기에 윤우는 딱히 불쾌하거나 하지 않았다. 오히려 친누나 같은 느낌이 들었다.

"술은 고1때 아버지랑 같이 처음 마셔봤어요. 소주로요."

"아버지한테 술 배운 거구나? 그럼 뭐 잘된 거네. 난 남동생이 있는데 이놈이 친구들이랑 어울려 마시다가 걸려서 된통 혼났거든. 지금은 정신 차리고 열심히 살고 있지만. 아무튼, 그때 소주 맛은 어땠어?"

"썼죠. 소주 싫어요. 맥주가 훨씬 나아요."

물론 거짓말이었다.

윤우는 맥주보다는 소주가 좋았다. 삼겹살 한 점과 소주만 있다면 부족함이 없다고 생각하는 서민이었다. 회귀를 하고 젊어졌지만 입맛은 변하지 않았다.

잔을 내려놓은 윤우가 물었다.

"그런데 대리님 동생은 몇 살이에요?"

"너랑 동갑이야. 스무 살."

윤우는 고개를 끄덕였다. 차 대리가 이렇게 친근하게 구는 이유를 알 것 같았다. 그녀에게 동생이 있으니, 자신도 동생처럼 보이는 것이다.

그때 맞은편에 있던 정현철 팀장이 맥주병을 들고 끼어들었다. 술병을 들더니 윤우에게 한잔 권했다.

"한잔 더 해요. 괜히 차 대리 옆에 앉아서 윤우 씨만 고생이네."

"어머, 팀장님 좀 봐. 누가 들으면 제가 못된 사람인 줄 알겠는데요?"

윤우는 미소를 지으며 잔을 들었다.

"괜찮습니다. 그런데 팀장님, 말씀 편히 하세요. 제가 한참 어린데요."

"아니, 한참까지는 아닌 거 같은데……."

"하하하!"

정 팀장이 난처한 표정을 짓자 직원들이 하나같이 웃음을 터트렸다. 가장 소리 높여 웃은 건 이계획 임징이있다.

"윤우가 정곡을 찌르는구만. 그런데 정 팀장님은 아직 미혼이니까 윤우가 형이라고 해도 상관은 없지. 안 그래요?"

"맞습니다. 사석에서야 형이라고 불러주면 저야 고맙죠. 아무튼 윤우씨. 아니, 윤우. 말 편히 할 테니 앞으로 잘 지내보자고."

"예. 잘 부탁드립니다."

쪼르르륵. 윤우의 잔이 곧 맥주로 채워졌다.

윤우는 정 팀장과 잔을 부딪쳤다. 그러자 차 대리도 잔을 들어 건배했고, 나머지 두 직원들도 잔을 들고 끼어들었다. 그러다보니 거국적인 건배가 되어 버렸다.

윤우는 맥주의 구수한 뒷맛을 느끼며 직원들을 쭉 훑어보았다.

'생각보다 좋은 곳인 것 같아. 사람들도 괜찮은 것 같고. 하긴, 이재환 원장님이 뽑은 사람들이라면야 확실하겠지.'

이재환 원장이 대표로서 얼마나 유능한지는 잘 모른다. 하지만 그의 사람 보는 안목은 확실하다고 생각하는 윤우였다.

그와 처음 만났을 때가 떠오른다. 장학생 제도에 대해 제안했을 때, 그 가능성을 간파하고 의견을 받아준 것은 결코 쉽게 내릴 수 있는 결단이 아니었다.

'아무튼 즐겁네. 직장 생활을 해 보는 것도 나쁘지 않은 것 같아.'

윤우는 경험이 풍부했지만 실제로 회사에 취직해서 일해 본 적은 없었다. 학원 강의를 나가거나 대학에서 시간강사로 일을 한 게 전부였으니까.

때문에 모든 것이 새롭게 보였다.

무엇보다 명성학원 인터넷사업팀은 말로만 듣던 회사 분위기와 사뭇 달랐다. 수평적이었고 자유로웠다. 창의력이 샘솟는 듯한 느낌이다.

윤우가 기업문화에 익숙하지 않은 만큼 흥미를 느끼는 것은 어찌 보면 당연했다.

그렇게 시간이 흐르고, 다들 배가 부른지 젓가락을 내려놓았다. 이재환 원장은 계산서를 들고 일어섰다.

"다들 배부르게 먹었나?"

"네! 배가 펑 터질 것 같아요."

차 대리가 배를 툭툭 치며 말했다. 씨익 웃은 재환이 계산대로 향했다. 나머지 사람들도 겉옷을 챙기고 자리를 떴다.

사람들은 식당 입구에 모여 재환이 계산을 끝내길 기다렸다. 곧이어 재환이 밖으로 나오자 사람들이 일제히 잘 먹었다는 인사를 건넸다.

"잘 먹었냐는 인사는 이 법인카드에 하세요. 내가 뭐 한 거 있나."

"잘 먹었습니다. 법인카드님!"

차 대리가 굽실거리자 일행이 모두 한바탕 웃음을 터트렸다.

"하하하. 아무튼 오늘 즐거웠습니다. 그럼 전 강의가 있으니 먼저 가야겠군요. 다들 오늘도 수고하세요."

그때 차 대리가 이재환 원장의 팔을 붙들었다.

"대표님. 여기까지 오셨는데 그냥 가시려구요?"

"음? 차 대리. 무슨 할 말이라도?"

"커피 정도는 사 주고 가서도 되잖아요. 아직 수업 시작하려면 좀 시간 남은 것 같은데."

"이런, 오늘 차 대리에게 제대로 걸렸군."

"이 근처에 새로 생긴 카페가 있거든요. 그쪽으로 가실까요?"

결국 재환은 차 대리의 손에 이끌려 카페로 향했다. 음료를 하나씩 받아든 직원들은 재환에게 잘 마시겠다는 인사를 하고 밖으로 나왔다.

"그럼 진짜 갑니다. 다들 수고해요."

"조심히 들어가세요!"

재환이 택시를 타고 돌아갔다. 돌아가기에는 거리가 좀 멀었다. 직원들도 방향을 잡고 각자 짝을 이뤄 천천히 걷기 시작했다.

"추운 날엔 역시 따뜻한 커피가 최고지."

차 대리는 두 손으로 커피 잔을 움켜쥐며 걸었다. 추위에 약한 윤우도 그녀를 따라 커피 잔을 쥐었다. 커피는 손난로 역할을 톡톡히 해냈다.

차슬기 대리는 윤우가 소외감을 느끼지 않도록 그의 곁에서 함께 걸어 주었다. 그리고 커피를 마시며 이것저것 질문을 던졌다.

"한국대학교 들어갔으면 공부를 되게 잘했겠구나. 부럽다. 무슨 과야?"

"국문과요."

"오, 국문과? 의외네. 사회대 쪽인 것 같았는데. 왠지 문학 소년처럼 보이진 않아서 말야."

윤우는 웃어 넘겼다. 확실히 키도 크고 좀 시원스럽게 생긴 면이 있어서 전생에도 가끔 그런 소리를 듣곤 했다. 국문과와 전혀 어울리지 않는다고.

"우리 학원에는 되게 오래 다녔겠다?"

"고 1때부터 다녔으니 거의 2년 반 정도 다닌 것 같아요."

"역시 원장님이 폼으로 데려온 친구는 아니구나. 강사님들 이력은 다 꿰고 있겠는데?"

윤우는 겸손한 미소를 지으며 고개를 끄덕였다.

학원에 들어올 때부터 인터넷 강의 사업에 대한 구상을

하고 있었기 때문에 수업을 들으며 강사들의 장단점을 파악해 둔 상태였다.

강사 성향과 수강생의 수준에 따라 강의를 세분화시킬 필요가 있었다. 상위권 학생들은 꼼꼼한 강사를 선호한다. 반면 중하위권 학생들은 쇼맨십이 있는 강사를 선호한다.

별것 아닌 것처럼 보일 수 있지만, 윤우는 각 강사들의 특성을 파악하여 강의를 배정하는 것이 굉장히 중요하다고 생각했다. 사교육 시장은 입소문만 한 게 없기 때문이다.

"사무실 들렀다 갈 거지?"

"예. 제 자리가 어딘지도 몰라서요. 미리 좀 봐둘 것도 있고."

"그래. 이 누님이 친히 안내를 해 주지."

윤우의 자리는 차 대리 옆자리였다. 책상은 별것 없었다. 검은색 필통과 서류철이 놓여 있었고, 가운데에 모니터와 키보드가 자리하고 있다.

차 대리가 인터넷사업팀에 대해 설명해 주는 와중에 정현철 팀장이 끼어들었다.

"윤우. 출근은 언제부터 하기로 했지?"

"다음 주부터 하기로 했어요. 이번 주에 어디 좀 다녀와야 해서요."

"그렇군. 기대가 된다. 아참 차 대리. 이번 주 금요일에 있는 회의 결과는 정리해서 윤우에게 주도록 해."

"넵. 그럴게요. 자료는 메일로 보내주면 되지?"

윤우는 웃으며 고개를 끄덕였다.

NEO MODERN FANTASY STORY

뉴 라이프
NEW LIFE

Scene #16 첫 여행

Scene #16 첫 여행

인터넷사업팀 회의가 열리는 그날 오후, 윤우는 가연과
함께 정동진으로 향하는 기차에 올랐다.

"춥지 않을까?"

"춥겠지. 아무래도 겨울이니까."

"걱정이네."

그러면서 윤우를 보는 가연. 이유는 간단했다. 윤우는
추위에 무척 약했으니까. 걱정된다는 말은 윤우를 두고 하
는 말이었다.

"얼어죽진 않을 거야. 걱정하지 마."

그제야 가연은 싱긋 웃었다.

기차는 서울을 떠나 어느새 산 속도를 달렸다. 그렇게

두 사람은 정동진역에서 내렸다.

내리자마자 차가운 바닷바람이 두 사람을 덮쳤다. 바로 고개를 돌리니 넓게 펼쳐진 바닷가가 보였다.

때마침 저녁 노을이 지고 있었다. 하늘 끝에서 펼쳐진 붉은 물감이 바다를 적시고 있다.

"예쁘다……."

가연은 한동안 넋을 놓고 바다만 바라봤다. 단순히 아름답기만 한 것이 아니었다. 끝없이 펼쳐진 수평선을 바라보고 있으니 가슴이 시원해지는 느낌이 들었다.

역시나 윤우는 몸을 움츠리고 가연에게 가까이 달라붙었다. 생각보다 바닷바람이 매서웠기 때문이다.

"추워?"

"아니. 이 정도는 괜찮아."

그렇게 대답하긴 했지만 추위가 뼛속까지 들어차는 느낌이었다. 그래도 윤우는 끝까지 참아냈다.

춥다고 말하면 가연은 안으로 들어가자고 할 것이다. 이 멋진 순간을 방해하고 싶진 않았다.

대신 윤우는 뒤에서 가연을 살포시 껴안았다. 가연은 깜짝 놀라며 돌아보았지만 이내 생긋 웃는다. 그리고 다시 고개를 돌려 수평선을 감상했다.

"일출도 예쁘겠지?"

"인터넷에서 사진 봤는데 장난 아니더라. 사람들이 괜

히 새벽에 오는 게 아니더라고."

"우리도 새벽에 올 걸 그랬나?"

윤우는 가연을 더욱 세게 끌어 안았다.

"천천히 보면 되지 뭐. 여유 있는 게 좋아."

가연은 고개를 끄덕였다.

두 사람은 한동안 수평선에서 시선을 떼지 못했다. 가연은 겨울 바다가 처음이라고 했다. 그만큼 기대를 했을 테고, 또 보고 싶었을 것이다.

그것은 윤우도 마찬가지였다. 지난 3년간 치열하게 달려오기만 했었다. 좋아하는 사람과 이렇게 여유로운 시간을 보낼 수 있다는 게 꿈만 같았다.

그렇게 한 시간쯤 지날 무렵, 윤우는 허기를 느꼈다.

"배고프지 않아?"

"응. 조금."

"그럼 밥 먹으러 가자. 알아 본 데 있어."

가연은 고개를 끄덕였다.

두 사람은 근처 식당으로 자리를 옮겼다. 인터넷에서 미리 알아 온 곳이라, 윤우는 이 식당의 대표 메뉴인 회와 조개구이를 주문했다.

윤우는 두꺼운 파카를 벗으며 한숨을 돌렸다.

"이제야 좀 살 것 같네."

윤우의 혼잣말에 가연은 손을 뻗어 윤우의 손을 만지작

거렸다.

"차갑다. 많이 추웠지? 미안해. 내가 너무 정신없게 구경했나 봐."

윤우는 대답 대신 가연의 뺨을 살짝 꼬집었다. 가연은 좋은지 배시시 웃는다.

배부르게 저녁을 먹은 두 사람은 바닷가를 걸으며 미리 예약한 숙소로 향했다. 드문드문 세워진 가로등 덕에 분위기가 굉장히 좋았다.

쏴아아—

멀리서 파도소리가 들려왔다. 두 사람은 한동안 말없이 걷기만 했다.

말이 필요없는 세상.

붙잡은 두 손으로 마음과 마음이 이어지고 있었다. 그 마음은 간단했다. 두 사람은 이 순간이 영원이 끝나지 않았으면 좋겠다고 생각했다.

그렇게 한참을 걸어, 두 사람은 별장식으로 지어진 목재 건물 안으로 들어갔다. 나이를 지긋하게 먹은 주인은 빗자루로 마당을 쓸고 있었다.

"안녕하세요. 오늘 예약한 사람인데요."

"성함이?"

"김윤우요."

"아, 그래요. 안 그래도 언제 오나 싶었네. 그런데…… 생각보다 어린 학생들이네. 혹시 고등학생은 아니죠?"

윤우는 미리 꺼내놓은 주민등록증을 주인에게 보여주
었다.

"이제 대학 들어갑니다."

"아아, 그래요. 이쪽으로 와요. 추울까봐 방 미리 데워
놨지."

"감사합니다."

주인이 안내한 곳은 아담한 방이었다.

가운데 테이블이 하나 놓여 있고, 커다란 침대가 창가에
있었다. 그리고 넓은 커튼이 창문을 가리고 있었다. 한쪽
으로는 샤워실로 이어진 통로가 보였다.

창가로 다가간 윤우는 커튼을 걷어 보았다. 창밖으로
파도가 밀려왔다. 바닷가에 지어진 곳이다 보니 전망이
굉장히 좋았다. 윤우는 침대에 앉아 창밖 경치를 감상했
다.

"저기, 윤우야. 나 먼저 씻을게."

"어? 응."

윤우는 침을 꿀꺽 삼켰다. 가연은 도망치듯 샤워실로 들
어갔다.

그녀와 동침하는 것은 처음이 아니었지만 왠지 긴장이
되었다. 이 모든 상황이 낯설어서 그런 것인지도 모르겠
다.

윤우는 방의 불을 껐다. 그리고 침대 옆에 놓인 수면보조등을 켰다. 그리고 가연이가 나올 때까지 침대에 편히 누웠다.

안락한 느낌이 드니 긴장된 마음이 점차 풀리기 시작했다. 곧이어 샤워기에서 물이 쏟아지는 소리가 들렸다.

물소리에 집중하다 보니 피로가 물밀 듯이 쏟아졌다. 눈을 깜박거리던 윤우는 이내 잠들고 말았다.

"윤우야?"

뭔가 따뜻한 느낌이 들자, 윤우는 천천히 눈을 떴다.

얼마나 시간이 흐른 걸까. 잠깐 잠든 것을 깨달은 윤우는 몸을 일으켰다. 하얀 목욕 가운을 입은 가연의 모습이 선명하게 보였다.

긴 머리카락이 물기를 흠뻑 머금고 있었다. 뽀얗게 달아오른 두 뺨. 투명하게 빛나는 새하얀 피부. 윤우는 그 아름다운 광경에서 좀처럼 시선을 뗄 수가 없었다.

윤우가 빤히 바라보고 있자 가연은 부끄러움을 느꼈다. 고개를 슬쩍 돌리며 얼굴을 붉힌다.

"왜 그렇게 봐?"

"예뻐서."

그 이상의 말은 필요 없었다. 그 말에 흐뭇하게 웃은 가연은 말없이 침대에 앉았다. 그녀의 몸에서 좋은 향기가 은은히 풍겨왔다.

향기에 취할수록 가슴이 뜨거워지는 듯한 느낌이 들었다. 윤우가 자리에서 일어섰다.

"나도 좀 씻고 올게. 창밖 보고 있어. 경치 좋더라."

"알았어."

가연은 고개를 살짝 끄덕이더니 창밖을 마주하며 침대에 앉았다. 그녀의 아름다운 뒷모습이 윤우의 발을 붙들었다. 윤우는 이내 정신을 차리고 샤워실로 향했다.

평소보다 천천히, 그리고 신중하게 샤워를 마친 윤우가 밖으로 나왔다.

변한 것은 없었다.

가연은 여전히 그 자세로 창밖을 바라보고 있었다.

"안 피곤해?"

"난 괜찮아. 윤우는?"

"나도."

가연이 돌아섰다. 조명에 반사된 그 모습이 무척 고혹적이었다. 지금 당장 달려가서 그녀를 끌어안고 싶었다. 하지만 아직은 아니었다.

거칠게 행동했다간 그녀가 실망할지도 모른다. 윤우는 침대 위에 벌러덩 누워 힌숨을 풀었다. 뜨거운 물에 닿아서 그런지 근육이 풀려 나른한 느낌이 들었다.

고개를 슬쩍 돌려 벽에 걸린 시계를 확인했다. 저녁 8시가 넘어 있었다. 밖은 완전히 해가 져 한밤중이었다.

"따뜻한 물로 씻어서 그런지 나른하네. 이러다 금방 잠들겠다."

"피곤하면 눈 좀 붙여. 새벽에 일어나서 일출 봐야 하잖아."

"오늘은 늦게 잘 거야."

그 말과 동시에 윤우는 가연의 팔을 살짝 잡아당겼다. 낮은 탄성을 내지른 그녀는 너무나도 쉽게 무너졌다. 윤우의 팔을 베고 함께 누웠다.

심장이 두근두근 뛰기 시작했다. 가연은 손을 가슴으로 모은 채 몸을 웅크렸다. 얼굴은 사과처럼 붉게 달아올라 있었다. 윤우는 그녀를 포근히 껴안으며 등을 어루만졌다.

가연은 윤우의 손길을 거부하지 않았다. 사실, 처음부터 그녀는 각오를 하고 있었다.

"윤우야."

"응?"

"……아니야. 아무것도."

가연은 눈을 슬쩍 감았다. 그녀를 바라보던 윤우는 쓴웃음을 지었다.

왠지 그녀가 무슨 말을 하려고 했는지 알 것만 같았다. 윤우는 다시 그녀를 꼭 끌어안았다. 그리고 그녀의 귀에 작게 속삭였다.

"네가 뭘 걱정하고 있는지 알아. 대학 가도 나 한눈 안 팔아. 그러니까 걱정하지 마."

가연의 표정이 조금 풀렸다. 아무래도 윤우의 생각이 맞았던 모양이다.

"오히려 너야말로 다른 남자랑 눈 맞으면 안 돼. 넌 예쁘니까 분명 들이대는 애들이 있을 거야. 속지 마. 남자들은 다 똑같으니까."

전생의 그녀는 인기가 굉장히 많았다. 그녀를 짝사랑하는 사람들만 윤우가 알기로 다섯 명이었다. 큰 틀이 바뀌지 않는 이상 과거는 그대로 반복될 것이다.

"남자들이 다 똑같으면 윤우도 똑같아?"

"아니, 당연히 난 다르지."

가연은 풋 하고 웃었다. 평소에 농담을 잘 하지 않는 윤우였다. 긴장을 풀게 해주려는 것이었고, 가연은 그의 배려가 고마웠다.

"나도 한눈 안 팔아. 그럴 일 없어. 나에겐 윤우뿐인걸."

진심이 느껴졌다. 윤우는 가연의 머리를 쓰다듬었다.

"그럼 됐네. 이제 서로 아무 걱정 안 해도 되겠다. 그렇지?"

가연은 대답 대신 팔을 벌려 윤우를 꼭 끌어안았다. 뭔가 부드러운 것이 흔들리며 윤우의 가슴에 닿았다.

"사랑해."

"나도."

잠시 포옹을 푼 두 사람은 살짝 입을 맞췄다. 그것은 시작이었다. 곧 두 사람은 격정적으로 키스를 나눴다. 혀와 혀가 서로를 넘나들었다.

두 사람의 숨소리가 점점 거칠어졌다. 윤우의 손이 가연의 가슴에서 허리로, 그리고 허벅지로 미끄러져 내려갔다. 위치를 바꿀 때마다 가연의 몸이 움찔거리는 것이 느껴졌다.

아무것도 걸치지 않은 그녀의 나신은 눈부시게 아름다웠다.

하지만 윤우는 그녀가 긴장하고 있다는 것을 느꼈다. 어깨가 파르르 떨리고 있었다.

윤우는 가연의 이마에 살짝 키스를 했다. 그리고 어깨를 포근히 감싸며 진정시키듯 물었다.

"괜찮겠어?"

많은 뜻이 함축된 말이었다. 그녀에게 있어 이것은 첫 경험이었다. 윤우는 그녀가 거부한다면 얼마든지 손을 뗄 각오를 하고 있었다.

은근한 눈으로 윤우를 바라보던 가연은 고개를 살짝 끄

덕였다.

"윤우라면 괜찮아."

"그래."

두 사람은 다시 입을 맞추었고, 윤우의 손이 가연의 허리와 허벅지를 쓸어내리기 시작했다. 가연도 윤우의 등을 어루만지며 뜨거운 숨을 내뱉었다.

깊은 밤, 두 사람은 뜨거운 숨결을 느끼며 하나가 되었다.

'명불허전'이라는 말은 정동진의 일출을 두고 하는 말일 것이다.

구름을 뚫고 떠오르는 태양을 보며 윤우와 가연은 손을 꼭 잡았다. 하룻밤이 지났을 뿐인데 두 사람은 훨씬 더 가까워진 것 같은 느낌이었다.

윤우의 계획대로 두 사람은 한걸음 더 앞으로 나아갈 수 있었다. 당연히 그들을 불안하게 했던 잡념들은 말끔히 사라졌다. 몸도 마음도 평온했다.

해가 점점 올라올 때마다 수평선이 더욱 붉게 물들었다. 어두컴컴한 주변에 주홍빛이 내려앉았다. 온 세상이 타오르는 것 같았다.

"너무 예쁘다……."

"그러게. 오길 잘 한 것 같아."

한동안 두 사람은 말없이 일출을 바라보았다. 새해는 아니었지만 각자 마음속에 하나씩 소원을 빌기도 했다. 당연히 두 사람의 소원엔 서로에 대한 애틋한 마음이 담겨 있었다.

가연은 몸을 살짝 윤우에게 기댔다.

"그런데 그 말, 진심이야?"

갑작스러운 질문에 윤우는 고개를 갸웃했다.

"어떤 말?"

"왜 그 있잖아. 어젯밤에 했던……."

가연은 부끄러운지 끝까지 말을 하지 못했다.

윤우는 떠오르는 태양을 바라보며 기억을 되짚어 보았다. 그녀와 사랑을 나누고 난 다음 꽤 오랜 이야기를 했던 것 같다. 가까운 미래에 대해서.

그제야 단서가 잡혔다. 씨익 웃은 윤우는 잡은 손을 풀고 그녀의 어깨를 끌어안았다.

"진심이야. 대학 졸업하면 너랑 결혼할 거야."

그것은 윤우에게 있어 한국대학교 교수가 되는 것만큼 중요한 목표였다. 그랬기에 윤우의 한마디 한마디에 진심이 묻어나왔다.

가연은 행복한 표정을 지었다. 세상을 모두 가진 사람처럼 환한 미소를 짓는다.

"한번 생각해 볼게."

"뭐?"

뻔히 장난이라는 게 보였지만 윤우는 당황했다.

"어젠 결혼해 준다고 했잖아? 몇 시간 만에 말이 바뀌는 거야?"

"안 한다곤 안했어. 더 생각해 본다고 했지."

"이 녀석."

"아얏!"

윤우는 가연의 뺨을 꼬집었다. 하지만 이내 두 사람은 서로를 보며 웃고야 만다.

그렇게 행복한 한때가 흘러갔다. 시작이 있으면 끝이 있는 법이다. 영원히 멈추었으면 했던 그 순간도 막을 내렸다.

두 사람은 평생 잊지 못할 추억을 한아름 챙겨 청량리행 열차에 올랐다.

기차가 서울에 도착한 것은 늦은 오후 무렵이었다. 도착역 안내 멘트가 흘러나오자 윤우는 짐을 챙겼다. 가연은 피곤했는지 옆에서 곤히 잠들어 있다.

가방을 챙긴 윤우는 자리에 앉아 가연의 볼을 손가락으로 살짝 찔렀다.

"으음…."

"가연아. 다 왔어. 이제 일어나야지."

"벌써? 아, 금방 잠든 것 같았는데."

윤우는 가연의 가방까지 걸친 채 기차에서 내렸다. 가연도 뒤따라 내려왔다.

두 사람은 손을 꼭 잡은 채 청량리역을 나왔다. 곧장 집으로 돌아가기엔 좀 아쉬운 느낌이라, 역사 근처에 있는 카페에 잠시 짐을 내려놓았다.

"이제 잠 좀 깨?"

커피를 홀짝이던 가연은 멋쩍게 웃으며 고개를 끄덕거렸다.

"근데 윤우는 주말에 뭐 할 거야?"

"밀린 일 좀 하려고. 어제 인터넷사업팀 회의가 있었어. 여행 때문에 참가를 못 했는데, 회의 자료 좀 보고 정리할 거 있으면 해 놓으려고. 왜, 놀게?"

가연은 고개를 가로 저었다.

"아니. 그냥 뭐하나 궁금해서."

"바람 피나 감시하려는 건 아니고? 큰일이네. 벌써부터 잡혀 사는 것 같은 느낌인데."

가연은 얼굴을 붉혔다. 부끄러운 것도 있고 억울한 것도 있었다.

"아니야, 그런 거. 그건 그렇고…… 나중에 괜찮으면 우리 엄마 만나보지 않을래? 엄마가 자꾸 윤우 보여 달라고 해서 요즘 좀 난처하거든."

"어머니를?"

가연은 서로에게 부담이 될 수 있었기 때문에 어머니의 청을 거절하고 있었다.

하지만 상황이 바뀌었다. 결혼을 하고 싶다는 윤우의 마음을 확실히 안 이상 더는 숨길 필요가 없다고 생각했다. 기회가 있을 때마다 점수를 따는 게 좋다고 판단했다.

그것은 윤우도 마찬가지였다. 그는 흔쾌히 웃으며 고개를 끄덕였다.

"얼마든지. 조만간 날 잡아 봐."

"자신 있나 보구나?"

"맡겨만 둬. 사람을 설득하는 건 누구보다 잘 할 자신 있으니까."

윤우에겐 유리한 일이었다. 그녀의 어머니가 어떤 유형의 사람을 좋아하는지 알고 있는데다가, 전생과는 다르게 한국대에 입학을 했기 때문에 더 잘 보일 확률이 높았다.

"알았어. 그럼 다음 주 주말에 잡을까? 평일엔 바쁠 테니까."

"좋지."

윤우는 고개를 끄덕이며 미소를 지었다.

NEO MODERN FANTASY STORY

뉴 라이프
NEW LIFE

Scene #17 사업 제휴

NEW LIFE

Scene #17 사업 제휴

집으로 돌아온 윤우가 가장 먼저 한 일은, 메일함을 열어 차슬기 대리가 보낸 자료를 출력한 것이었다. 그리고 침대에 누워 정독을 시작했다.

"오빠. 잠깐만 와 봐."

거실에 있던 예린이가 윤우를 불렀다. 윤우는 반사적으로 몸을 일으키려 했지만, 얄팍한 술수를 눈치채고 다시 몸을 뉘였다.

"김예린. 물은 네 손으로 갖다 마셔라."

"칫. 들켰네."

귀여운 녀석.

속으로 그렇게 중얼거린 윤우는 다시 손에 는 자료에 집

중했다. 특별한 이야기는 오가지 않았다. 인터넷 강의 시
범 서비스를 앞두고 전반적인 사항을 점검하는 자리였던
것 같았다.

'기가스터디에서는 벌써 인강 서비스를 시작하고 있는
데…… 뭐랄까. 좀 여유를 부리는 것 같은 느낌이네.'

아직 시장이 제대로 형성되지는 않았지만, 기가스터디
의 자본력과 강사진은 국내 사교육 업체 중 최고였다. 결
국 명성학원이 성공을 거두기 위해서는 그들을 잡아야
했다.

조금 뒤쳐진 입장에서 선두를 탈환하기 위해서는 부지
런히 움직여야 했다. 그런데 윤우가 보기에 인터넷사업팀
은 다소 여유 있게 움직이는 듯했다.

물론 단순히 부지런을 떤다고 해서 승기를 잡을 수 있는
것은 아니다. 윤우는 경쟁에서 이기기 위해서는 특별한 카
드가 필요하다고 생각했다.

'브랜드도 새롭게 런칭하는 게 좋겠다. 학원 이름이 뭔
가 구식처럼 보여. 참, 그러고 보니 2004년도쯤 PMP업체
와 제휴를 맺어서 공격적인 마케팅을 펼친 업체가 있었
지.'

이름은 잘 기억나지 않았지만 분명 그런 회사가 있었다.
PMP를 구입하면 인터넷 강의를 무료로 볼 수 있는 혜택
을 주는 등 온·오프라인 제휴를 통해 시장을 점유한 대표

적인 사례였다.

PMP는 휴대가 간편하기 때문에 먼 거리를 이동하거나 공간적인 제약이 있는 청소년들에게 특히 유용했다. 게다가 2007년을 기점으로 PMP가 대중적인 보급률을 기록하기도 한다.

윤우는 엄지와 검지로 턱을 쓸며 계속 생각을 이어갔다.

'수년간 성장세가 분명한 디바이스야. 가만히 사무실에 앉아 머리를 굴리는 것보단 한번 PMP 제조업체와 접촉할 필요가 있겠는데?'

스마트폰이나 태블릿이 보급되기 전까지는 당분간 PMP가 시장을 주도할 것이 분명했다.

윤우는 생각난 김에 바로 이재환 원장에게 전화를 하려고 했으나 그만 두었다.

이런 일들은 실무자를 통해 논의하는 것이 낫다고 판단했다. 다음 주에 출근하는 대로 정현철 팀장에게 제휴 문제에 관해 논의해야겠다고 결론을 지었다.

띠리리리—

그때 휴대폰이 울렸다. 가연이의 전화인가 싶어 윤우는 재빨리 폴더를 열었다.

하지만 가연이 아니었다.

'윤슬아?'

무슨 일일까. 그녀에게 전화가 오는 경우는 굉장히 드물었다. 윤우는 일단 통화버튼을 눌렀다.

"여보세요."

– 나야. 다음 주 교내 오티 갈 거지? 학교 같이 가자.

잠시 멍하니 있던 윤우는 한숨을 길게 내쉬었다.

"넌 왜 이렇게 제멋대로야?"

– 뭐가?

"전화 받자마자 용건부터 말하고 있잖아. 그럴 때는 통화 괜찮냐고 먼저 묻는 게 예의라고."

– 우리 사이에 무슨 예의를 차려. 24일 오전 9시에 만나. 역 앞에서. 이의 있어?

"……없다."

– 그럼 그때 봐.

전화가 툭 끊겼다. 슬아가 많이 바뀐 것은 사실이지만 전화를 할 때는 예전과 똑같았다.

'뭐, 이 녀석도 사람이니까. 아쉬운 점 하나쯤은 있어도 상관없겠지. 너무 완벽하면 반칙이니까.'

한숨을 내쉰 윤우는 달력을 바라보았다. 2월 24일 월요일에 동그라미가 쳐져 있었다. 아마 그날이 한국대학교 교내 오리엔테이션날일 것이다.

윤우는 교내는 물론 교외 오리엔테이션에도 참석할 생각이었다. 이번 생애에는 친구들을 많이 만들고 싶었다. 그중 김승주처럼 대학원 진학에 뜻이 있는 친구들이 있을

지도 모르니 말이다.

◆

한국대학교 교내 오리엔테이션이 열리는 날 아침, 윤우
는 선약대로 근처 전철역에서 슬아를 기다렸다.

추위에 약했던 윤우는 대합실로 내려가는 계단 밖에서
주머니에 손을 넣고 벌벌 떨고 있었다.

'왜 이렇게 안 오는 거야?'

아무리 시간이 지나도 슬아의 모습이 보이지 않았다. 윤
우는 휴대폰을 꺼내 시계를 확인했다. 벌써 9시가 넘어 있
었다.

'혹시 무슨 일이라도 생긴 건가?'

윤우처럼 미리 일찍 오는 편은 아니지만 그래도 시간은
칼같이 지키는 슬아였다. 그런데 10분이 지나도록 약속장
소에 나타나지 않고 있는 것이다.

윤우가 전화를 걸어봐야 할까 고민할 무렵, 길 저편에서
누군가가 총총 뛰어오는 모습이 보였다. 눈을 좁혀 자세히
보니 슬아였다.

얇은 목도리에 흰 코트를 걸쳤다. 그리고 연갈색 가방을
어깨에 걸고 있었는데 키가 꽤 큰 편이라 그런지 무척 근
사하게 보였다.

그게 끝이 아니었다. 얼굴엔 화장기가 살짝 있었다. 민낯도 예쁜 편이었기 때문에 화장을 한 그녀의 모습은 새로우면서도 굉장히 예뻤다.

주변을 지나던 사람들이 슬아를 힐끗힐끗 쳐다볼 정도였다. 하지만 슬아를 바라보는 윤우의 눈빛은 조금도 변하지 않았다. 평범했다.

"뭘 그렇게 꾸미고 나왔어?"

이미 전생에서 교내 오리엔테이션을 한번 겪어 본 윤우는 꾸밀 필요가 없다는 것을 잘 안다. 그래서 그는 가방도 가지고 나오지 않았다.

윤우가 구박하듯 말하자 슬아가 허리에 손을 올리더니 당돌하게 받아쳤다.

"학교 사람들 처음 보는 자린데 예쁘게 하고 나가야지?"

"별로 그럴 필요는 없어 보이는데."

졸업식 때 슬아가 장난을 치지 않았더라면 안 꾸며도 충분히 예쁘다는 말을 했을 것이다. 하지만 윤우는 슬아에게 더 이상 오해를 사지 않기로 결심하고 말을 조심하고 있었다.

슬아는 왠지 만족스럽지 못한 표정을 짓더니 그의 팔을 잡아당겼다.

"알고 있으면 됐어. 어서 가자."

"서두를 필요 있어? 아직 시간은 많이 남았는데."

"먼저 가서 나쁠 거 없잖아."

교내 오리엔테이션은 10시 반에 시작하기 때문에 시간은 촉박하지 않았다. 하지만 슬아는 꽤 들떠 보였다.

그럴 만도 했다. 아무리 냉정하고 차분한 아이라고는 해도 고등학생일 뿐이었으니까.

하지만 이제는 다르다. 껍질을 부수고 대학교라는 새로운 세상으로 나아갈 준비를 하고 있다.

그렇게 두 사람은 승강장으로 내려와 한국대학교역으로 가는 전철에 몸을 실었다. 제대로 꾸미고 나와서 그런지 지나치는 사람마다 슬아를 한 번씩은 쳐다보았다.

슬아는 그 시선에 부담을 느끼지 않았다. 오히려 자신감을 얻는 듯했다. 어깨를 펴고 도도하게 걸음을 옮긴다.

"주말에 어디 갔었어?"

뜬금없는 질문이었다. 윤우는 대답해야 하나 잠시 고민을 했다.

"왜?"

"아니. 얼마 전에 학원 광고 건으로 이재환 원장님 만났었는데 그때 그러시더라고. 너 여행 갔다고."

윤우는 가슴이 철렁 내려앉았다. 할 말 못할 말이 따로 있지 그걸 그새 말했단 말인가.

"그냥 동해 가서 일출 보고 왔어. 뭔가 새롭게 시작한다는 느낌으로."

"팔자 좋네. 혼자 다녀온 거야?"

"아니. 친구랑."

간단히 대꾸한 윤우는 안도했다. 이재환 원장이 가연이에 대한 애기는 하지 않은 모양이다.

물론 슬아가 알아서 직접적으로 손해 보는 것은 없었다. 하지만 이 소문이 성진에게 들어간다면 윤우의 가족들이 알게 되는 것은 시간문제일 것이다.

물론 단 둘이 여행을 떠났다는 사실을 알게 된다고 해서 혼나거나 하지는 않겠지만, 가족들의 시선이 부담스럽게 된다. 윤우는 그런 일로 골치를 썩기는 싫었다.

윤우가 살짝 화제를 돌렸다.

"그런데 너도 이번에 학원 광고 찍기로 했어? 이재환 원장님이 저번에 잠깐 얘기했던 것 같긴 하네."

슬아도 명성학원 장학생이다. 2학년으로 올라가면서 윤우가 있는 곳으로 학원을 옮겼었다.

질문을 받은 슬아는 머리카락을 한 번 쓸어 넘기며 고개를 끄덕였다.

"너랑 커플로 찍게 될 거라고 하던데? 한국대 인문대끼리 묶어서 세트로."

"세트로? 난 그런 얘기 못 들었는데."

진짜 그랬다. 이재환 원장은 그에 관해 아무런 얘기도 하지 않았다.

"원래는 따로 찍기로 했는데 이번에 컨셉이 바뀌었다나 봐. 어쩌겠어? 장학금 받는 우리가 을인데. 갑이 하라면 해야지."

"하긴."

아마 전달해 준다는 걸 까먹은 것이리라. 요즘 이재환 원장은 인터넷강의 사업을 시작하면서 다각도로 바빠지고 있었으니 말이다.

슬아와 함께 촬영을 한다는 사실에 대해 별다른 불만은 없었다. 그녀와는 학창시절 학생회 일을 같이 하면서 함께 사진을 찍을 일이 많았었으니까.

그렇게 두 사람은 입을 굳게 다물었다. 목적지에 도착할 때까지 별다른 이야기가 오가지 않았다. 가연과는 달리 슬 아는 필요한 얘기만 하는 스타일이다.

─ 이번 역은 한국대학교 입구, 한국대학교 입구 역입니다. 내리실 문은 왼쪽입니다.

안내 방송이 흘러나오자 두 사람은 전철 출입구 쪽으로 이동했다.

한국대학교는 국내에서 가장 넓은 캠퍼스를 보유하고 있었다. 때문에 버스를 이용하지 않으면 한 시간 정도를 걸어야 목적기에 도착할 수 있다.

역에서 나와 인문대학 건물로 가는 버스로 갈아탔다. 잠시 후 대학본부 정류소에 도착한 두 사람은 인문관으로 올라갔다. 곳곳에 입학을 환영한다는 현수막이 걸려 있었다.

"이제 진짜 한국대생이 된 느낌이네."

"그래."

짧게 말했지만 슬아의 말엔 꽤 많은 감회가 묻어 있었다. 윤우도 학창시절 열심히 해왔기 때문에 슬아가 느끼는 그 기분을 이해할 수 있었다.

"나 갈게."

"그래. 잘 하고 와."

국문과와 영문과는 집결 장소가 달랐다. 그래서 두 사람은 인문관 1층에서 간단히 작별 인사를 나눴다.

국문과의 집결 장소는 전공 강의실이었다. 가기 전부터 국문과 선배들이 플래카드를 들고 신입생들을 강의실로 유도하고 있었다. 덕분에 찾는 것엔 어려움이 없었다.

윤우가 강의실 안을 기웃거리며 안으로 들어가려 하자, 옆쪽 테이블에 있던 두 여학생이 의자에서 일어서며 살갑게 말을 걸어왔다.

"저, 신입생이에요?"

"안녕하세요. 03학번 김윤우입니다. 여기가 오티 장소 맞나요?"

"와아, 어서 와요. 맞아요. 여기. 저는 02학번 박민주예요. 만나서 반가워요!"

"02학번 이아름이에요. 키도 크고 잘 생겼네. 이번 신입생은 인물들이 다들 좋은데?"

"벌써 점찍은 거야?"

"뭐? 그런 거 아냐!"

두 사람은 꽤나 사이가 좋아 보였다. 윤우가 어색하게 웃자 박민주가 정신을 차리고 테이블 위를 뒤지기 시작했다. 테이블엔 이름표가 잔뜩 널려 있었다.

"김윤우라고 했죠? 어디 있더라…… 여기 있다! 자, 이거 걸고 들어가요. 잃어버리면 안 돼요. 교외 오티 때도 쓸 거니까."

"예, 감사합니다."

윤우는 명찰을 목에 걸고 안으로 들어갔다.

굉장히 어색한 분위기가 느껴졌다. 몇몇 학생들은 서로 짝을 이루어 이야기를 나누고 있었지만, 대개는 우두커니 앉아 있었다. 다들 처음 보는 얼굴이었다.

"김윤우."

누군가가 손을 들고 윤우를 불렀다. 김승주였다. 그는 맨 뒷자리에 앉아 있었다.

반가운 미소를 지은 윤우는 그쪽으로 걸어갔다. 그리고 그의 옆자리에 자리를 잡았다.

"분위기 되게 썰렁하네."

"그러게. 누가 누군지도 모르겠고."

윤우는 왠지 옛날 생각이 났다. 학교가 달라도 분위기는 같구나. 그런 생각을 했다. 백은대학교 첫 오티 때도 이런 분위기였다.

"언제 왔어?"

"10분 전쯤?"

승주가 책상을 조금 더 가까이 붙여왔다. 뭔가 긴히 할 이야기가 있는 모양이었다.

"전에 보내준 연구자료는 봤어? 어때?"

"안 그래도 오늘 만날 테니까 얘기해 주려고 했다. 아무래도 글자가 많이 깨져있어서 식별이 어려워. 다른 고신문을 뒤져봐야 할 것 같아. 소진욱 교수님껜 말씀드려 봤어?"

"메일을 보내긴 했는데 아직 확인을 안 하셨더라고. 해외에 나가셨다는 이야기를 얼핏 들은 것 같기도 해서."

그 때였다. 누군가의 그림자가 드리워지며 두 사람의 대화를 막았다.

"너희들, 벌써 소진욱 교수님을 만난 거야?"

빼빼마른 남자였다. 안경을 꼈는데 나이가 제법 들어 보였다. 윤우와 승주는 반사적으로 그의 목에 걸린 명찰을 확인했다. 학생회장 송진호라는 이름이 보였다.

"안녕하세요, 선배님."

"안녕하세요."

두 신입생은 바로 앉아 진호에게 인사했다. 98학번이니 자신보다 한참 위였다.

송진호는 안경을 고쳐 쓰며 윤우와 승주의 이름표를 확인했다. 그는 윤우의 이름표에서 시선이 멈추더니 지적인 미소를 보였다.

"역시 너였구나. 소문의 신입생이."

"소문의 신입생이요?"

진호는 고개를 끄덕였다.

"그래. 너 예전에 유명 학술지에 논문을 게재한 적이 있지? 신문에서 봤어. 게다가 네가 쓴 논문으로 우리가 공부를 하기도 했고."

처음 듣는 이야기였다. 자기가 쓴 논문으로 누군가 수업을 진행하기라도 했단 말인가?

윤우가 그렇게 당황할 사이, 진호는 윤우에게 악수를 청하며 이렇게 말했다.

"한국대 국문과에 온 걸 환영한다."

"잘 부탁드립니다."

그렇게 오리엔테이션이 시작되었다.

특별한 건 없었다. 선배들을 포함해서 강의실 안에 있는 모든 사람들이 돌아가며 자기소개를 했다.

백은대학교와 다른 점이 있다면 교내 오리엔테이션에서 전공설명회를 열었다는 점이었다. 송진호 학생회장이 발표자로 나서 교수진 소개와 4년간의 커리큘럼을 설명했다.

　도시락으로 점심 식사를 마친 신입생들은 인문관을 둘러보고 앞으로 강의를 듣게 될 교양강의동과 다른 건물들까지 견학을 했다. 그리고 전산실로 자리를 옮겨 수강신청 방법에 대한 설명을 들었다.

　그러다보니 어느새 해가 저물 시간이 됐다. 한국대학교 국문과 신입생들과 재학생들은 학교 정문 근처에 있는 술집으로 자리를 옮겨 뒤풀이를 했다.

　선배와 동기들에게 좋은 인상을 준 윤우는 남들보다 두 배는 많은 술잔을 받아야 했다.

　"얼마나 많이 마신 거야?"

　교복을 입은 예린이가 못마땅한 얼굴로 윤우를 노려보았다. 방 안에는 술 냄새가 가득했다. 부스스한 얼굴로 침대에서 일어난 윤우는 동생이 건네는 꿀물을 한 번에 들이켰다.

　"대학 가면 다 그래……."

"끔찍하네. 아무튼 북엇국 끓여 놨으니까 챙겨 먹어. 나 학교 가야 돼."

"고맙다."

예린이가 밖으로 나가자 윤우는 다시 침대로 쓰러졌다. 어제 어떻게 집으로 들어왔는지 기억이 잘 나지 않을 정도로 많이 마셨다. 향상된 신체 능력이 무의미해질 정도로 말이다.

그래도 숙취가 강하지 않은 것이 그나마 다행이었다. 윤우는 점차 정신을 차릴 수 있었다.

'아차, 오늘 인터넷사업팀 미팅이 잡혀 있었지?'

윤우는 시계를 확인했다. 오전 7시 30분. 아직 한 시간 반 정도가 남았으니 대강 씻고 나가면 지각하지는 않을 것 같았다.

씻은 다음 옷을 단정히 입은 윤우는 향수를 뿌려 술 냄새를 없애고 밖으로 나섰다. 조금 걸음을 서둘렀다. 첫 출근부터 지각을 하고 싶지는 않았다.

다행히 윤우는 9시가 되기 5분 전에 도착할 수 있었다.

"안녕하세요."

"어서 와."

"좋은 아침!"

정 팀장과 차 대리가 반갑게 윤우를 맞이했다. 나머지 두 식원늘노 고개를 숙여 인사를 했다.

"어디 아파? 왠지 기운이 없어 보이는데?"

차 대리가 윤우의 얼굴을 빤히 바라보더니 그렇게 물었다. 그러더니 뭔가를 떠올렸는지 아 하는 감탄사를 내뱉었다.

"맞다. 어제 교내 오티 간다고 했었지? 술 좀 마셨겠는데?"

"예. 좀 많이 마셨네요. 선배가 주는데 피할 수가 없으니."

확실히 그랬다. 송진호 학생회장의 말대로 윤우는 선배들 사이에서 꽤 평판이 좋았다

듣고 보니 2년 전쯤 소진욱 교수가 강의 시간에 윤우가 쓴 논문을 인쇄해서 참고자료로 돌렸다고 한다. 그러니 윤우를 모르는 선배는 거의 없다시피 했던 것이다.

다시 말해, 지금 한국대 국문과 선배들은 윤우가 쓴 논문으로 공부를 한 셈이다. 그러니 대부분 윤우를 대단하다고 생각할 수밖에 없었다.

하지만 윤우는 오히려 그럴수록 말과 행동에 조심해야 된다고 생각했다. 조금만 으스댔다가는 잘난 척 하는 사람으로 낙인이 찍힐 수도 있으니까.

자신을 긍정적으로 평가해 주는 사람이 있다면, 그 반대도 충분히 있을 수 있다. 질투와 시기는 인간의 가장 기본적인 본성이었으니까.

이미 대학생활을 한 번 경험한 그로는 무엇보다도 인간 관계에 있어 신중해야 한다고 생각했다. 한 번 어긋나면 두 번 다시 돌이킬 수 없게 되니 말이다.

"자, 그럼 미팅합시다. 유리 씨는 마실 것 좀 준비해 주고요."

"예, 팀장님."

그렇게 다섯 사람이 회의실에 둘러앉았다. 윤우는 습관대로 차슬기 대리 옆에 앉았다. 상석에는 정현철 팀장이 자리했고, 맞은편에 나머지 두 직원들이 노트를 펴고 앉았다.

"우리가 앞으로 진행해야 할 업무전략에 대해서는 저번 주에 이야기를 나눴죠. 오늘은 세부 전략을 세워봅시다. 마케팅적인 측면에서도 검토가 필요할 겁니다."

정 팀장이 운을 떼자 윤우가 기다렸다는 말했다.

"지난 주말에 여행에 다녀오며 몇 가지 계획을 세워왔어요. 괜찮다면 제가 몇 마디 해도 괜찮을까요?"

직원들이 윤우를 주목했다. 윤우는 미리 정리해 온 내용을 눈으로 훑어보며 의견을 꺼냈다.

"보내주신 회의록을 읽어 봤는데요. 우리 팀의 정책이 조금 수비적인 느낌이 들었어요. 회사가 막 시작할 때라 어쩔 수 없는 면도 있겠지만, 지금 인터넷 강의 시장은 형성기라 공격적인 접근이 필요할 때라고 봐요."

정 팀장과 차 대리가 눈을 빛내며 윤우를 바라보았다. 그는 즉시 본론을 꺼냈다.

"차 대리님이 주신 자료를 보면 현재 시장 점유율이 가장 높은 곳은 역시 기가스터디에요. 자료를 놓고 분석해 보면 인터넷 강의 콘텐츠가 좋아서라기보다는, 기존 학원이 가지고 있던 네임밸류가 그대로 작용했다고 볼 수 있죠."

윤우는 미리 뽑아 놓은 자료를 팀원들에게 돌렸다. 그리고 잠시 설명을 멈춰 그들이 자료를 읽을 시간을 주었다.

그 자료는 이재환 원장에게 직접 받아온 것인데, 일전에 전문리서치 회사에 의뢰를 해서 만들어 둔 자료였다. 그래서 항목별로 분석이 깔끔하게 되어 있었다.

"흐음, 그렇다면 지금이 기회라는 말인가?"

정 팀장은 괜히 팀장이 아니라는 듯 날카로운 직관을 보여주었다. 윤우는 고개를 끄덕였다.

"맞습니다. 선두주자인 기가스터디도 그렇고 다른 업체들도 딱히 액션을 취하고 있지는 않아요."

"그럴듯한 말이긴 한데 역시 중요한 건 어떻게 하느냐잖아? 좋은 아이디어라도 있어?"

차 대리가 묻자 윤우는 자신 있게 웃었다.

"컴퓨터를 대체할 만한 다른 디바이스 시장을 개척하는 거예요."

"다른 디바이스?"

윤우는 회의실 안에 놓여 있는 컴퓨터를 가리키며 말했다.

"지금 인터넷 강의를 보려면 주로 데스크탑이나 노트북을 이용해야 하잖아요? 이것 말고 다른 디바이스를 개척하는 겁니다. 예를 들면 PMP같은 것이요."

Portable Multimedia Player. 윤우가 그것을 지목하자 정 팀장이 턱을 쓸어 만지며 생각에 잠겼다. 그도 최근 주목하고 있는 디바이스였다.

"확실히 일부 회사들이 검토하고 있는 디바이스긴 해. 하지만 아직 아무도 적극적으로 나서고 있진 않아. 미래가 불투명하니까."

"컴퓨터는 시간적, 공간적인 제약이 있어요. 데스크탑은 이동하면서 사용할 수 없고, 노트북은 이동하면서 사용할 수 있지만 크기가 너무 크죠. 무겁기도 하고요."

"그러한 약점을 PMP로 극복한다?"

윤우는 고개를 크게 끄덕였다.

"개인적인 전망으로는 PMP보급률이 앞으로 급격히 상승할 겁니다. 하드웨어 전문 잡지에서도 PMP를 집중 조명하고 있고요. 이는 휴대기기에 대한 관심이 높아지고 있다는 증거가 됩니다. 마찬가지로 특히 우리나라는 교육 콘텐츠에 대한 소비는 억측되지 않는다는 점을 고려해야 하고요."

윤우의 논리적인 설득에 회의실이 고요해졌다. 정 팀장을 포함해 인터넷사업팀원들이 윤우가 꺼낸 아이디어를 곱씹는 중이었다. 듣기에는 제법 그럴듯했다.

정 팀장이 물었다.

"구체적인 방안을 생각해 둔 게 있나?"

"PMP 제조업체와 제휴를 하는 거예요. 인터넷 강의 결합상품으로 강의와 PMP를 묶어 판매하는 거지요. 우리는 디바이스 구매자들에게 무료 강의를 제공하고, 판매 대수별로 업체에 로열티를 받는 거죠."

"로열티라······."

윤우는 열 손가락을 쫙 펴며 강조했다.

"목표 대수는 10만 대. 대당 만 원 이상의 로열티를 받는다면 꽤 큰 수익을 얻을 수 있을 겁니다."

정 팀장은 머릿속으로 계산기를 두드려 보았다. 윤우의 말대로라면 목표 대수 달성 시 최소 10억의 로열티를 획득하게 된다.

하지만 로열티에서 끝나는 것이 아니다. 무료 강의를 들은 학생들이 무료제공 기간이 끝나면 자연스럽게 유료 강의를 결제하게 될 것이다. 강의 콘텐츠가 우수하다면 말이다.

그러한 과정이 정 팀장과 차 대리의 머릿속에 차례대로

그려졌다. 굉장히 현실적인 제안이었다. 마치 지금 실제로 어떤 업체가 하고 있을 것 같은.

차 대리의 표정이 밝아졌다.

"좋은 방법인데요? 무료 강의를 제공하고, 그것을 소비하면 나중에 자연스럽게 유료 강의로 전환이 될 거구요. 기종에 따라 1개월, 3개월 단위로 무료 쿠폰을 주는 것도 좋겠어요."

나머지 팀원들도 고개를 끄덕였다. 하지만 결정권자인 정 팀장은 신중했다.

"이 건에 대해서는 대표님을 설득해 볼 필요가 있겠어. 차 대리. 오늘 윤우와 같이 제안서를 만들도록 해. 내일 내가 직접 대표님을 뵙고 설득해 봐야지."

"알겠습니다."

정 팀장이 가벼이 웃었다.

"일만 잘 풀리면 인센티브를 두둑이 챙길 수도 있겠어."

"인센티브가 나오면 윤우가 일등공신이겠네요."

"그런 셈이지."

모든 직원들이 윤우를 호의적인 눈빛으로 쳐다보았다. 윤우는 왠지 그 시선이 부담스러웠다. 그래서 화제를 살짝 돌렸다.

"그리고 한 가지 더 있는데요."

"한 가지 더?"

"가능하면 인터넷 강의 전문 브랜드를 하나 따로 만들었으면 좋겠어요. '명성학원'이라는 이름은 나쁘지 않지만 전문성이 없어 보여요. 장기적으로 볼 때 이름을 바꾸는 것이 좋을 것 같아요."

정 팀장이 고개를 끄덕였다.

"안 그래도 대표님이 그 말씀을 하시더군. 이름 변경에 대해서는 윗선에서 구체적인 지시가 내려올 거야. 그러니까 이 건은 좀 기다려보자."

윤우는 고개를 끄덕였다. 그때 씨익 웃은 차 대리가 턱을 괴더니 윤우를 올려다보았다.

"나이가 어려서 어쩌나하고 걱정하고 있었는데 괜한 걱정이었잖아? 제법 쓸 만하네. 나중에 졸업하고 우리 회사에 들어올 생각 없어? 네 자리 하나 내가 책임지고 맡아놓을게."

"말씀만 감사히 받겠습니다."

"말씀만? 나중에 후회하기 없기다? 그때 되면 우리 회사 엄청 커져있을 거고, 아무리 한국대 출신이라도 가려서 뽑을 거니까."

차 대리의 짓궂은 장난에 직원들이 한바탕 웃음을 터트렸다. 윤우는 이런 수평적인 분위기가 마음에 들었다. 확실히 매력적인 회사였다.

그러나 윤우에게는 분명한 목표가 있었다. 한국대학교

교수가 되는 것. 물론 사업에 아예 관심이 없는 것은 아니었다. 윤우는 기회가 되면 자본을 축적해 투자할 생각이었다.

'언제 시간을 내서 성진이를 만나 봐야지. 그 녀석이라면 분명 사업으로 크게 한 건 해줄 테니까.'

아무튼 윤우는 인센티브가 얼마나 나올까 기대가 되었다. PMP 업체 제휴 사업은 반드시 성공할 수밖에 없었다. 이미 그는 전생에서 그러한 경험을 해 봤으니까.

이제 문제는 이재환 원장이 이번 제휴 건을 통과시키느냐 마느냐였다.

뉴 라이프

NEW LIFE

Scene #18 교외 오리엔테이션

Scene #18 교외 오리엔테이션

교외 오리엔테이션이 열리는 바로 전날, 윤우와 슬아는 서울 강남에 위치한 모 스튜디오에서 만났다. 명성학원 광고용 사진 촬영을 위해서였다.

제일 먼저 도착한 윤우가 간단히 메이크업을 받았다. 슬아도 정해진 시간에 맞게 도착해 메이크업에 들어갔다. 먼저 준비를 끝낸 윤우는 슬아의 뒤에서 그녀의 변신을 구경했다.

"정말 예쁘시네요. 나중에 CF모델 하셔도 되겠는데요?"

"그런 말 많이 들어요. 오는 도중에도 연예기획사 명함 받았어요."

"외출할 때마다 받으시겠어요."

메이크업 아티스트의 연이은 칭찬에 슬아는 미소를 보였다. 스튜디오 감독은 이미 슬아를 다음 작품 모델로 점찍어 놓은 상태였다.

그때 메이크업 감독이 와서 구체적인 메이크업 포인트를 지정해줬다.

"대학교 신입생답게 밝고 화사하면서 신선한 느낌이 드는 컨셉으로. 톤 조절 잘 해. 알았어?"

"예, 감독님."

"헤어핀은 빼. 촌티 나. 슬아 씨는 보석같아서 다른 포인트가 없는 게 훨씬 나아."

확실히 전문가들의 안목은 정확했다. 슬아의 미모는 스튜디오의 조명 아래에서 더욱 빛났다. 하지만 윤우는 슬아가 꾸민 모습보다는 꾸미지 않은 모습이 더 자연스럽다고 생각했다.

'여자들 화장은 언제 봐도 신기하구나. 변신이 따로 없겠어.'

윤우가 감탄을 하며 한창 구경을 할 그때, 젊은 여자 스태프가 다가오더니 명성학원 로고가 박힌 배지를 윤우에게 건넸다.

"이게 뭐에요?"

"순금으로 만든 배지에요. 광고 촬영 중에 착용해 주세요. 그리고 끝난 다음 가지고 가셔도 돼요."

"네? 정말요?"

"이재환 대표님이 그렇게 하라고 지시하셨어요. 줬다 뺏는 건 깡패들이나 하는 짓이라고."

싱긋 웃은 스태프는 슬아에게도 같은 배지를 건네주었다. 역시나 이재환은 통이 큰 사람이었다. 그는 쓸 때 확실히 쓸 줄 아는 남자다. 인센티브는 문제도 아닐 것 같았다.

그때 다른 남자 스태프가 간이 의자를 들고 오더니 윤우의 옆에 놓았다. 꽤 젊은 사람이었다.

"김윤우 씨. 여기 좀 앉아 계시죠. 촬영 할 때 계속 서 있어야 하니 쉬고 계시는 게 좋을 겁니다."

"아, 고맙습니다."

윤우가 자리에 앉자 남자 스태프가 한걸음 더 다가와 친근하게 말을 걸어왔다.

"근데 저 모델하고 서로 아는 사이인가 봐요?"

"슬아요? 중고등학교 동창이에요. 같이 학생회 활동도 했었고요."

"역시. 다른 모델들하고는 다르게 뭔가 친근함이 있어 보이더군요. 혹시 사귀는 사이?"

피식 웃은 윤우는 고개를 가로 저었다. 그러자 남자 스태프의 눈이 너욱 빛났다.

"저 모델 번호 좀 알려줄 수 있어요?"

왠지 그런 질문이 나올 것 같았다. 윤우는 지금까지 슬아와 함께 다니며 그런 질문을 수도 없이 받아봤다. 남자 친구가 아니냐는 말 포함해서.

"그런 건 직접 물어보시는 게 좋을 것 같은데요. 참고로, 슬아는 용기 없는 사람을 별로 좋아하지 않아요."

"그렇군요. 조언 감사합니다."

남자 스태프가 돌아간 이후로 30분 정도가 지나자 슬아의 준비가 모두 끝났다. 의상과 메이크업까지 모두 마친 슬아는 눈부시게 아름다웠다.

"어때?"

슬아가 살짝 몸을 비틀며 윤우의 앞에 섰다. 윤우는 고개를 끄덕였다.

"괜찮네."

"잠깐, 그게 다야?"

"그런데?"

윤우가 고개를 갸웃하자 슬아는 입술을 꾹 다물더니 냉랭한 어조로 말을 이었다.

"넌 어째 국문과랑 어울리지 않는 것 같다. 그렇게 표현력이 졸렬해서야."

"그거랑 표현력이랑 뭔 관계가 있는지 모르겠다만."

인상을 한번 찡그린 슬아가 홱 몸을 돌렸다.

"아무튼 가자. 빨리 끝내야지. 내일 교외 오티 갈 준비 하려면."

그렇데 두 사람은 무대에 올랐다. 사각형으로 된 조형물이 놓인 곳이었는데 온통 새하얗다. 그랬기에 두 모델이 더욱 도드라져 보였다.

카메라 점검을 끝낸 감독이 큰 소리로 지시를 시작했다.

"오늘 컨셉은 커플입니다. 최대한 친근하게, 그리고 슬아 씨는 사랑스러운 포즈를 취해 주세요. 윤우 씨는 너무 무뚝뚝하게 서 있지 말고."

몇 번 촬영 경험이 있었기 때문에 두 사람은 자연스럽게 포즈를 바꿨다. 윤우는 똑바로 섰고, 슬아는 그의 어깨에 손을 올리고 살짝 웃어 보였다.

"전에도 얘기 했지만 카메라 앞에서는 자신감을 최대한 내는 게 좋습니다. 오늘은 내가 최고다, 이런 느낌으로요. 자 그럼 갑니다."

찰칵— 찰칵—

연달아 플래시가 터졌다. 모니터를 확인한 감독은 만족 스러운 미소를 지으며 손뼉을 쳤다.

"좋습니다. 역시 잘 어울리네요. 이대로 가죠. 이번엔 슬아 씨가 윤우 씨 팔짱을 끼고 찍겠습니다."

"네."

두 사람은 다시 포즈를 바꿨다. 윤우는 주머니에 손을

찔러 넣었고, 슬아가 가슴이 닿을 정도로 윤우의 왼팔을 끌어안았다. 윤우는 왠지 거북스러웠지만 촬영이니 어쩔수 없다.

셔터 소리와 플래시가 연달아 터져 나왔다. 그 이후로도 두 사람은 계속해서 포즈를 바꾸었다. 윤우가 슬아의 허리를 살짝 안기도 했고, 서로 등을 기대고 앉기도 했다.

그렇게 촬영은 오후 5시까지 계속 되었다. 4시까지 예정되어 있었지만, 모델이 워낙 좋았기 때문에 감독이 좀 욕심을 부린 것이다.

"자, 수고하셨습니다! 오늘은 여기까지 하죠."

감독이 박수를 치며 끝을 알렸다. 스태프들이 각자 수고하셨다고 외쳤다. 한참을 서 있었던 윤우와 슬아는 한숨을 내쉬며 무대에 앉았다.

"고생했다."

"너도."

아까 윤우에게 배지를 준 여자 스태프가 음료수를 하나씩 들고 윤우와 슬아에게 건넸다.

"수고하셨습니다! 오늘 촬영 정말 좋았어요!"

"감사합니다."

"잘 마실게요."

두 사람이 한숨을 돌리며 음료수를 마실 무렵, 아까 그 젊은 남자 스태프가 조심스레 다가오더니 슬아에게 말을 걸었다.

"저 슬아 씨. 잠시 괜찮으시면 얘기 좀……."

"싫어요."

"……."

1초 만에 차인 남자 스태프는 시무룩한 표정을 지으며 물러섰다. 워낙 어조가 날카로웠기에 어떻게 해볼 생각을 하지 못했다.

윤우는 그 장면을 보고 웃지 않을 수 없었다.

"윤슬아. 너무 매정한 거 아냐? 한 번 정도는 말 상대 해 줘도 될 텐데."

"난 저렇게 뻔한 사람은 싫어. 분명 불러내서 전화번호를 물어 보겠지. 아무튼, 키도 작고 얼굴도 별로야. 꿈에 나올까봐 무서울 정도로."

슬아의 독설이 계속되었다. 그녀의 독설에 면역력이 있었던 윤우는 그저 웃기만 한다.

"정말 궁금하다. 도대체 누가 널 데려갈지."

그 말에 슬아가 윤우를 빤히 바라보았다. 하지만 윤우는 정면을 보고 있어 슬아가 자신을 보고 있다는 사실을 알아채지 못했다.

슬아의 입에서 자그마한 한숨이 흘러나왔다. 손에 든 주스를 홀짝이며 넌지시 물었다.

"배고픈데 같이 저녁 먹고 들어갈까?"

"아니. 이따 여친이랑 저녁 먹기로 약속했어. 아차, 시간
이 벌써 이렇게 됐네. 나 먼저 가봐야겠다. 내일 보자."

그렇게 말한 윤우는 자리에서 잽싸게 일어났다. 그리고
감독에게 정중히 인사한 다음, 가연에게 전화를 걸며 스튜
디오를 빠져 나갔다.

교외 오리엔테이션 당일. 아침부터 한국대학교 학생들
은 분주하게 움직였다. 인문관 앞쪽으로 수많은 버스들이
일렬로 주차되어 있었다.

한국대학교 인문대는 한국 최고의 학부답게 10개가 넘
는 학과가 설치되어 있었다. 그리고 인문대의 모든 학과가
양평에 있는 리조트로 오리엔테이션을 떠난다.

슬아와 헤어진 윤우는 국어국문학과 집결 장소에 도착
했다. 인문관 옆 계단에 국문과 깃발이 휘날리고 있었고,
벌써 많은 학생들이 미리 집결해 있었다.

제일 먼저 윤우를 발견한 정소영이 손을 흔들어 알은척
을 했다. 통통한 볼에 등까지 내려오는 검은색 생머리가
인상적인 아이였다.

"윤우!"

윤우도 웃어 보이며 손을 들어 주었다. 이름이 언뜻 기

억이 나지 않았지만, 그녀의 목에 걸린 명찰을 보고 다시 이름을 떠올릴 수 있었다.

"일찍 왔네."

"응. 30분 전에 왔어. 그런데 교내 오티 때 잘 들어갔어? 승주한테 듣기론 그날 술 엄청 마셨다던데."

"뭐, 잘 들어갔으니까 여기에 있는 거겠지."

소영이 고개를 끄덕이며 윤우를 바라보았다. 그녀는 키가 작았기 때문에 고개를 좀 들어야 했다.

"어, 윤우다!"

윤우를 발견한 동기들이 하나씩 인사를 건넸다. 윤우는 인기가 좋았다. 선배에게 깍듯이 대하고, 동기들에게는 늘 친절한 미소를 지어줬기 때문이다.

게다가 윤우는 이미 국문과에서 유명 인사였다. 그가 2년 전쯤 발표한 논문이 수업 교재로 이용되었다는 소문이 퍼지자 동기들은 그를 우러러 보기 시작했다.

또한 윤우는 키가 큰 편인데다가 세심하고 자상한 면까지 있어 동기 여학생들은 그를 마치 오빠 대하듯 하고 있었다. 몇몇은 윤우에게 이성적인 호감을 품고 있었다.

국문과는 다른 과에 비해 여학생 비율이 높다. 그러다보니 윤우는 뜻하지 않았음에도 어느새 신입생들의 중심에 우뚝 서게 되었다. 과대표를 해야 하지 않냐는 말이 자연스럽게 나았다.

그때 먼저 온 승주가 윤우의 어깨를 툭 쳤다. 그 옆에는 키가 작은 남학생이 서 있다. 아마 이름이 남시우였던가. 교내 오티 때 제법 가까워진 친구였다.

"여전히 인기 많네. 아이돌이라도 된 기분이겠어."

승주의 말에 윤우는 멋쩍게 웃었다.

"비웃지 마라. 인기는 잠깐이지. 군대 다녀오고 나면 다 소용 없을 거다."

"어째 한 번 겪어본 사람 같이 말한다? 아무튼 인생의 황금기를 맞이한 듯하니 충분히 누려봐. 내 몫까지."

"니 몫은 니가 챙겨야지."

그때 국문과 집행부 선배들이 인문관 앞에 놔두었던 짐을 버스에 싣기 시작했다. 승주와 시우가 서로 이야기를 나누는 사이, 윤우는 달려가서 선배들을 도왔다.

"오, 김윤우. 역시 개념 있는데?"

"자, 이것도 받아라."

생긋 웃은 02학번 박민주가 꽤 무거워 보이는 상자를 윤우가 들고 있는 상자 위에 올렸다. 어깨가 당길 정도로 중량감이 들었다.

하지만 윤우는 수년 간 복싱으로 몸을 만들었고, 회귀로 인해 신체 능력이 좋아진 상태였다. 이 정도는 전혀 문제되지 않았다. 윤우는 부지런히 상자를 버스 짐칸으로 옮겼다.

잠시 숨을 돌리며 주변을 둘러보았다. 어느덧 영문과 학생들도 버스 앞에 집결하고 있었다. 그곳에서 슬아의 모습을 너무나도 쉽게 찾을 수 있었다.

군계일학(群鷄一鶴).

슬아의 외모는 멀리서 봐도 도드라져 보일 정도로 훌륭했다. 그녀는 수많은 남학생들에게 둘러싸여 있었다. 다들 사심 있는 눈빛으로 슬아를 보고 있다.

'고등학교 때나 대학교 때나 다를 바가 없구나……'

그런 생각을 하며 윤우는 인문관으로 돌아왔다. 승주와 시우도 짐을 같이 정리하고 있었다. 윤우가 2학년 박민주 선배에게 다가가 물었다.

"이제 더 옮길 건 없나요?"

"응. 없어. 이제 남은 건 우리들이 하면 돼. 덕분에 쉽게 끝났네. 정말 고생했다. 우리 착한 윤우!"

민주가 생긋 웃으며 윤우의 어깨를 툭툭 두드려 주었다. 윤우가 키가 훨씬 컸기 때문에 뭔가 모양이 이상했지만, 윤우는 싱긋 웃어 보였다.

"이봐, 신입생!"

그때 활기찬 목소리가 들려왔다. 윤우가 슬쩍 고개를 돌리자 처음 보는 여자가 이쪽으로 다가오는 모습이 보였다. 명찰을 보니 서은하라는 이름이 보였다. 00학번이었다

새카만 머리카락이 쭉 내려와 있었다. 조금만 기르면 허리에 닿을 정도로 길다. 오뚝한 코와 작은 입술. 눈웃음이 귀여운 그런 사람이었다. 꽤 미인상이다.

윤우는 목을 숙여 그녀에게 인사했다.

"안녕하세요, 선배님. 처음 뵙……."

"따라와."

"네?"

"따라오라고. 누나 말 안 들려?"

초면에 당당히 누나라니. 주변에서 웃음소리가 들렸다. 왠지 그 웃음소리가 자신을 향하는 것 같아 부끄러움을 느낀 윤우는 어쩔 수 없이 그녀의 뒤를 따라갔다.

은하는 인문관 안으로 들어가 계단을 올랐다. 노랫말을 흥얼거리면서. 음치라 그런지 어떤 노래를 흥얼거리는지 좀처럼 알 수가 없다. 그래도 윤우는 그녀의 뒷모습을 눈에 담으며 천천히 뒤를 따라갔다.

'꽤 활발한 사람인가 보네.'

확실히 그랬다. 노래를 흥얼거리는 걸로 모자라 발걸음까지 씩씩하다. 2학년이라면 봐줄 만 했는데, 4학년 졸업반이 저러니 뭔가 좀 밸런스가 맞지 않는 느낌이다.

그래도 대학은 많은 사람이 모이는 곳이다. 특히 한국대학은 대한민국의 수재들이 모이는 곳. 이런 괴짜들이 한두 명 있다고 해서 이상할 것까진 없다.

그때 은하가 고개를 슬쩍 돌리며 물어왔다.

"맞다. 너 고등학교 1학년 때 KCI 등재지에 논문을 실었다고 했지?"

뜬금없는 질문이라 윤우는 잠시 머뭇거려야 했다.

"아, 예. 어쩌다보니."

"대단하구나. 나도 몇 번 논문을 게재하려고 시도해 봤는데 번번이 실패했거든. 심사위원들은 뭐가 그리도 까다로운지."

"선배도 연구를 하시나요?"

탁—

갑자기 은하가 멈춰선 탓에 하마터면 윤우는 은하를 덮칠 뻔했다. 하지만 가뿐히 피해 은하의 옆에 섰다.

은하는 팔짱을 끼더니 못마땅한 표정으로 윤우를 노려보았다.

"연구를 하냐니? 김윤우. 잘 들어. 대학은 말이지, 단순히 취업을 하러 오는 곳이 아니야. 학부생이라면 졸업하기 전에 연구 논문 한 편 정도는 써야 하지 않겠어?"

"오해예요. 그런 의미로 물은 것이 아니라 연구 논문을 쓰시냐는 질문이었어요."

"그런 거였어?"

그제야 은하는 오해가 풀렸는지 팔짱을 풀고 미소를 지어 보였다.

"기왕이면 졸업 논문을 학술지에 게재하고 싶었거든. 이름 있는 학술지면 더욱 좋고. 실패하긴 했지만 계속 도전해 볼 거야. 아직 반년 정도 시간이 남았으니까."

윤우는 내심 감탄했다. 몇 년 만에 제대로 된 학생을 만난 건지 모르겠다. 예전 백은대 시절에는 전혀 볼 수 없었던 그런 유형의 학생이었다.

윤우가 모른 척 물었다.

"다른 선배들도 그렇게 열심인가요?"

"그렇진 않지. 뭐, 대학에 대한 가치 기준은 사람마다 다른 거니까. 나처럼 생각하는 사람도 있고 아닌 사람도 있는 거겠지. 감 놔라 배 놔라 할 순 없는 거잖아?"

"그런데 선배는 방금 전 저보고 대학은 어쩌느니 하면서 감 놓으라고 하신 것 같은데……."

따악—

무방비 상태에서 은하에게 꿀밤을 먹은 윤우는 정수리를 만지작거렸다. 그렇게 아프진 않았지만 뭔가 억울했다.

"이게 선배한테 말대답하네?"

"농담입니다."

"농담? 와, 새파란 03학번 꼬맹이가 00학번 대선배한테 초면에 농담을 해? 세상 많이 좋아졌다. 김윤우. 너 이 누나가 얼마나 무서운지 모르지?"

그렇게 윤우는 2층과 3층을 오르는 계단에 서서 한참 동안 훈계를 들어야만 했다.

"저, 그런데 선배. 이러다 버스 출발하겠는데요."

"아차, 내 정신 좀 봐. 선생님 기다리시겠네. 어서 서둘러!"

그렇게 두 사람은 다시 계단을 오르기 시작했다.

은하가 멈춰선 곳은 3층에 있는 강민혜 교수 연구실이었다. 윤우도 익히 아는 사람이었다. 그녀는 몇 달 전 있었던 면접 전형에 들어온 여교수다.

은하는 문을 두드리려 손을 들었지만, 잠시 내리고 돌아서 윤우를 바라보았다.

"이번 교외 오티에 강민혜 선생님이 참석하셔. 그런데 손을 다치셔서 우리가 대신 짐을 옮겨야 하니까 네가 힘 좀 써. 알겠어?"

"아, 네."

생긋 웃은 은하는 문을 가볍게 두드리고 안으로 들어갔다.

"선생님. 준비 다 됐어요."

"고생 많구나. 이 짐 좀 부탁해."

"네."

은하는 윤우에게 눈짓을 했다. 윤우는 강민혜 교수에게 인사를 하고 짐을 번쩍 들었다. 강 교수도 윤우를 아는지 반갑게 인사를 받아주었다.

은하가 윤우에게 명령했다.

"먼저 내려가 있어. 난 선생님 모시고 갈 테니까."

"예, 선배님."

버스로 내려온 윤우는 짐칸에 강 교수의 짐을 넣었다. 그리고 학생회장 송진호에게 강 교수와 은하 선배가 곧 내려올 거라고 귀띔을 했다.

"그래? 알았다. 일단 넌 버스에 타. 곧 출발할 거니까."

그제야 윤우는 버스에 오를 수 있었다. 주변을 두리번거리다 비어 있는 창측 자리에 앉았다. 승주는 시우와 함께 앉은 모양이었다.

잠시 후 앞쪽에서 학생들의 인사가 들리더니 강 교수가 버스에 올랐다. 은하는 강 교수와 함께 앉지 않고 윤우 옆자리에 앉았다. 남는 자리가 여기뿐이었다.

"수고했어."

"아닙니다. 그 정도야."

그때 문이 닫히고 버스가 천천히 움직이기 시작했다. 어느새 다들 친해졌는지, 주변은 떠드는 소리로 꽤 시끌벅적했다. 자리를 바꾸는 학생들도 보였다.

은하는 가방에서 생수 병을 꺼내더니 창문 쪽을 힐끔힐끔 바라보았다.

"선배님. 창 쪽에 앉으시겠어요?"

윤우가 묻자 은하는 눈을 동그랗게 뜨더니 고개를 끄덕였다. 그렇게 두 사람은 자리를 바꾸었다.

"제법 눈치가 있는데?"

"그런 얘기 많이 들어요."

윤우는 다시 한 번 꿀밤을 먹었다. 아까보다는 강도가 많이 약했다.

"건방진 놈."

윤우는 왠지 웃음이 나왔다. 처음 보는 사람인데도 죽이 잘 맞았다.

"그리고 앞으로는 선배라고 부르지 마. 간지럽다. 그냥 누나라고 불러. 집에 너 만한 동생이 있다."

"네, 누나."

그렇게 두 사람은 버스가 양평 리조트에 도착할 때까지 계속 이야기를 나눴다. 그런데 정신을 차리고 보니 윤우는 은하의 '일꾼 1호'가 되어 있었다.

버스 안에서 윤우는 은하에 대해 꽤 많은 것을 알아낼 수 있었다.

일단 그녀는 내년에 한국대 대학원에 입학할 예정이었다. 지도교수가 강민혜 교수였기 때문에 수행 차 오리엔테이션에 따라온 것이다.

윤우는 대학원에 가려면 아직 멀긴 했지만 내심 반가웠다. 학문은 전쟁이다. 같은 길을 걷는 사람을 만나는 것은 전쟁 통에서 아군과 조우한 그런 비슷한 느낌이 든다.

"자, 다들 모이세요!"

리조트에 들어가기 전 학생회장 송진호가 국문과 전체를 모아놓고 공지사항을 전달했다.

"한 시간 정도 쉬고 점심 식사를 할 겁니다. 그리고 바로 이어서 학과별 행사가 있으니 조장들은 철저히 준비하도록 하세요."

"네!"

오리엔테이션이라고 해서 별다른 건 없다. 첫날 저녁엔 인문대 장기자랑 행사가 열리고, 둘째 날에는 본격적으로 신입생 환영회 행사가 열린다. 그리고 셋째 날 오전에 서울로 복귀한다.

준비해 온 주류는 둘째 날 밤에 마시기로 합의가 되어 있었지만, 늘 그렇듯 룰을 어기고 몰래 마시는 과들이 몇몇 있었다. 국문과도 예외는 아니었고, 밤이 되자 술판이 벌어지기 시작했다.

상황이 이렇게 되자 인문대 학생회는 첫날밤부터 음주를 허용했다. 그리고 층마다 규찰대를 배치하고 무전기를 나눠 혹시나 있을 사고에 대비했다.

한국대 국문과는 양조장으로 소문난 학과였다. 벌써부터 소주가 궤짝단위로 없어지고 있었다. 다들 얼굴이 빨개져 이방 저방을 돌아다니고 있다.

윤우가 있는 3조도 마찬가지였다. 여기에선 게임이 한창이었다.

술자리가 별로 당기지 않았던 윤우는 적당히 취한 척을 하며 쉬려고 했지만, 조장 선배의 손에 이끌려 게임에 참가해야만 했다.

"아이엠 그라운드 과일이름 대기!"

"사과 넷!"

"사과, 사과, 사과 사과!"

"수박 다섯!"

"수박, 수박…… 아."

"김윤우 당첨!"

수박이였던 윤우가 걸리고야 말았다. 왠지 게임만큼은 아직 적응이 되지 않는 그였다. 어쩔 수 없이 그는 소주 한 잔을 벌주로 마셨다. 오늘따라 술이 쓰다.

잔을 깨끗이 비운 윤우가 조심스레 자리에서 일어섰다.

"잠시 화장실 좀 다녀올게요."

"그래. 빨리 다녀와."

하지만 윤우는 화장실을 가는 척 하며 방을 나섰다.

'잠깐 바람 좀 쐬고 들어가야겠다. 난방이 너무 세서 덥

네. 술기운도 오르고.'

밖으로 나갈까 했지만 규찰대 선배들이 지키고 있어 리조트 밖으로는 나갈 수가 없었다. 어쩔 수 없이 윤우는 1층 로비에 있는 의자에 앉아 눈을 감고 잠시 숨을 돌렸다.

그런데 그때 누군가 옆자리에 앉았다. 눈을 뜬 윤우는 무의식적으로 시선을 왼쪽으로 돌렸다. 그곳엔 술기운에 얼굴이 붉게 달아오른 슬아가 앉아 있었다.

"기막힌 우연이네."

"그러게……."

윤우와 슬아는 동시에 웃었다. 윤우는 괜찮았지만 슬아는 기운이 없어 보이는 게 술을 꽤 많이 마신 모양이다.

슬아는 술에 약하다. 일전에 성진이와 나리, 그리고 슬아 넷이 졸업 기념으로 함께 모여 맥주를 마신 적이 있었는데 그때 500cc 세 잔을 마시고도 휘청거릴 정도였다.

그랬기에 윤우는 조금 걱정이 되었다. 잊을 만하면 오리엔테이션에서 음주 사고가 일어나곤 했으니까. 사고는 명문대라고 해서 봐주거나 하지 않는다.

윤우가 물었다.

"얼마나 마셨어?"

"한 병 정도? 도저히 못 마시겠어서…… 잠깐 화장실 간다고 하고 밖으로 나왔어. 눈치 없는 선배들은 왜 그렇게 술을 주는지……."

"네가 마음에 드나 보지 뭐."

윤우가 농담 삼아 이야기하자 슬아는 피식 웃었다. 실제로도 그랬다. 영문과는 국문과처럼 남녀비율이 한쪽으로 치우쳐있지 않아 그녀에게 추근대는 남자 선배들이 굉장히 많았다.

이번엔 슬아가 물었다.

"그러는 넌? 술 잘 마시는데…… 여기에서 쉬고 있을 정도면 굉장히 많이…… 마셨겠네."

"그냥, 오늘은 술이 잘 안 받아서. 게임을 하는 데 계속 나만 걸리니 짜증도 나고. 바람 좀 쐬다가 올라가 봐야지."

"그래."

시간이 지날수록 슬아는 몸을 잘 가누지 못했다. 말하는 것조차 힘들어 보였다. 들어가서 쉬는 게 낫지 않을까. 괜히 그런 걱정이 들었다.

"올라가 보는 게 낫지 않아? 데려다 줄까?"

"조금만 더…… 쉬었다가 갈래."

윤우는 새삼스러운 눈으로 슬아를 바라보았다. 이렇게 약한 슬아의 모습은 처음이었다. 늘 당당하면서도 도도한 눈빛을 뿌리던 그녀였는데 말이다.

그때 슬아의 눈이 움직였다. 허공에서 두 사람의 눈동자가 마주쳤다. 그러기를 잠시. 왠지 이상한 기분이 들었던 윤우는 시신을 피했나.

방금 마음속에 피어오른 보호 본능은 슬아의 것이 아니었다. 가연의 것이어야 했다.

"넌? 언제 가려고."

"나도 좀 있다 가지 뭐. 걱정하지 마. 데려다 줄 테니까. 아니면 저기 규찰대 선배들에게 부탁해도 되고."

규찰대 선배들은 이쪽을 힐끔힐끔 보고는 있지만 크게 신경을 쓰는 분위기는 아니었다. 오리엔테이션에서 눈 맞아서 몰래 데이트를 하고 있는 것처럼 보이는 모양이다.

'그러면 곤란한데……'

그나마 가연이가 같은 학교가 아닌 것이 다행이다. 만약 가연이가 이 장면을 본다면 오해를 할 수도 있다. 뭐, 그녀의 성격이라면 금방 오해가 풀리고도 남겠지만.

그런데 가연이는 지금쯤 뭘 하고 있을까? 문득 그런 생각이 들었다. 지금쯤이면 백은대학교도 교외 오리엔테이션을 떠났을 것이다. 그리고 술을 마시고 있겠지.

'좀 불안하네.'

불안감이 드는 건 어쩔 수가 없다. 먼 옛날, 가연이에게 관심을 가지고 접근했던 몇몇 남학생들의 얼굴이 떠오른다.

윤우는 휴대폰을 꺼냈다. 그리고 가연에게 문자를 보내기 위해 자판을 꾹꾹 눌렀다.

그런데 그때 문자가 왔다는 메시지가 떴다. 열어보니

가연의 이름이 찍혀 있다.

술 많이 마셨어?

문자를 본 윤우는 미소를 짓지 않을 수 없었다. 마음이 통하기라도 했던 걸까.

윤우는 답장 버튼을 눌러 그녀가 걱정하지 않도록 정성 껏 문장을 작성했다.

"연애는 잘 되가? 대학 들어가면…… 많이들 헤어진다 던데."

어느새 슬아가 문자를 보고 있었다. 답장을 보낸 윤우는 여유 있게 웃으며 휴대폰을 접었다.

"걱정 마. 우린 헤어질 일 없어."

슬아는, 그 여유 있는 웃음을 한참 동안이나 바라보았 다.

"단호하네. 난 네가……."

슬아는 뒤이어 무슨 말을 덧붙였지만, 목소리가 작은데 다가 혀가 꼬여 제대로 알아들을 수가 없었다.

그때 어깨에 무게감이 느껴졌다. 슬아가 윤우의 어깨 에 기댄 것이다. 눈을 감고 있는 것을 보니 잠이 든 모양 이었다.

꽤 편해 보이는 얼굴 탓에 윤우는 잠시 어깨를 빌려줄까도 생각해 보았다. 하지만 곧이어 떠오르는 가연이 생각에 고개를 가로 저었다.

"선배님."

윤우는 손을 들어 규찰대 선배에게 도움을 청했다. 그리고 두 사람은 슬아를 부축하여 영문과 숙소로 옮겼다.

그 와중에 슬아는 무언가를 계속 웅얼거렸지만, 목소리가 작아 윤우의 귀에 전혀 들리지 않았다.

교외 오리엔테이션은 큰 사고 없이 잘 마무리되었다. 과별 대항 장기자랑에서 1등을 하지는 못했지만 멋진 추억을 만들 수 있었던 자리였다.

국문과 학생회장 송진호는 학생들이 모인 자리에서 간단히 공지사항을 전한 다음 해산시켰다. 마음이 맞은 몇몇 학생들은 뒤풀이 장소로 이동했다.

"김윤우. 바로 들어갈 거냐?"

승주가 물어왔다. 멈춰서 몸을 돌린 윤우는 고개를 끄덕였다.

"내일 중요한 약속이 있거든. 일찍 들어가서 좀 쉬어놔야 할 거 같아."

"이거 서운하네. 맥주 한 잔 하고 가자고 하려고 했는데. 얼마나 중요한 약속인데?"

"예비 장모님 만나는 자리거든."

내일은 가연이의 어머니와 함께 저녁 식사를 하는 날이다. 교외 오리엔테이션이 끝나는 바로 다음 날이라 가연이한 주 정도 더 미루는 게 어떨까 했지만, 윤우는 그대로 밀어붙였다.

승주는 윤우에게 오래된 여자 친구가 있다는 사실을 잘알고 있었다. 묘한 웃음을 지은 그는 윤우의 등을 탁탁 두드렸다.

"잘 하고 와라."

"그래. 잘 되면 한 턱 내마."

바로 그때,

"일꾼 1호!"

버스정류장으로 내려가려던 윤우가 멈칫했다. 돌아보니서은하가 인상을 찌푸리며 이쪽으로 달려오고 있었다.

"어딜 가는 거야?"

"집에요."

은하는 입을 쩍 벌리더니 어이없다는 표정을 짓는다.

"제정신이야? 강 선생님 짐 옮겨다 드려야지."

"아, 맞다!"

윤우는 꿀밤을 맞을까 먼저 머리를 가리며 버스 쪽으로뛰어갔다. 그리고 강 교수의 가방을 받아 인문관으로 올리갔다. 강 교수는 생긋 웃으며 윤우에게 말했다.

"이거 번번이 미안하네. 괜히 손을 다쳐서 여러 사람 힘들게 하는구나. 은하가 닦달했지?"

"아뇨. 그런 거 아니에요."

맞습니다, 라고 대답하고 싶었지만 뒤에서 두 눈 시퍼렇게 뜨고 있는 은하 때문에 사실대로 말할 수가 없었다. 별것 아닌 일로 하늘같은 선배의 뜻을 거스를 순 없었다.

하지만 나쁘진 않았다. 이번 기회로 강 교수와 친분 관계를 이어나갈 수 있었으니까. 윤우는 강 교수와 나란히 걸으며 평소 궁금했던 것들을 물어보기 시작했다.

강 교수도 현대소설 전공이었다. 그리고 이번 1학년 전공기초 수업을 맡게 되어 앞으로 계속 만날 일이 많을 것 같았다. 윤우는 돌아가는 대로 강 교수의 저서를 검토해 보기로 했다.

그것이 바로 학점을 따는 지름길이었다. 대부분의 교수들은 자신의 저서나 관심사에서 문제를 낸다. 그리고 그들의 논지에 맞게 서술하면 좋은 점수를 준다.

물론 윤우는 그들의 사상에 완벽히 동조하는 것은 아니었기 때문에, 적당히 자신의 말을 섞어서 답안을 써낼 계획이었다. 아무튼 성적은 중요했다. 장학금을 받아 학비를 아껴야 하니까.

그렇게 윤우와 강 교수, 그리고 은하가 인문관 입구로

들어갈 무렵 슬아가 문을 열고 밖으로 나왔다. 슬아는 멈
춰서더니 윤우에게 말했다.

"기다릴 테니까 같이 가자."

"어? 그래."

윤우는 계단을 올랐다. 그러자 강 교수가 의미심장한 미
소를 지으며 물어왔다.

"벌써 여자 친구 만든 거야? 능력 좋은데. 낯선 얼굴인 거
보니 우리 과는 아닌 거 같고……"

"여자 친구는 아니고, 고등학교 동창이에요. 영문과에요."

"굉장히 예쁘더라. 잘 해봐. 얼핏 봐도 둘이 잘 어울리
는 거 같다."

"이미 잘 하고 있는 사람이 있어서요."

강 교수는 고개를 끄덕였다. 잠시 후 연구실에 도착한
윤우는 짐을 내려놓고 꾸벅 인사했다. 강 교수는 문 밖까
지 배웅을 나왔다.

"다음에 은하랑 같이 점심이나 먹자. 개강하고 한 번 찾
아 와. 부담 갖지 말고."

"감사합니다, 선생님."

윤우와 은하도 3층 복도에서 갈라졌다. 은하는 과실에
볼일이 있다고 했다.

"고생했어. 일꾼 1호."

"누나노요. 서 ㄴ련네… ㄱ 일꾼 1호리는 벌멍 비끼 주

시면 안 돼요?"

"왜?"

"마음에 안 들어요. 애도 아니고. 아무리 국문과엔 남자가 귀하다지만."

고개를 끄덕인 은하는 씨익 웃었다.

"좋아. 알았어. 그럼 노예 1호로 바꾸자."

"……."

결국 윤우는 일꾼 1호에서 타협점을 찾아야 했다. 그때 문득 불안감이 들었던 윤우는 은하에게 조심스레 물었다.

"그런데 누나. 언제까지 일꾼 1호 노릇 해야 하는 거예요?"

"글쎄. 너 대학원 온다고 했지?"

윤우는 고개를 끄덕였다. 그러자 은하가 손가락 네 개를 세우며 이렇게 말했다.

"그럼 딱 박사 4학기 때까지만 하자."

"……."

"농담이야, 농담."

왠지 농담이 아닌 것 같았다. 은하와 헤어진 윤우는 한숨을 내쉬며 터덜터덜 계단을 내려갔다.

슬아는 인문관 입구 한쪽에 서서 기다리고 있었다. 많이 피곤할 텐데도 얼굴에서 빛이 나는 걸 보면 신기하다.

"살아났네?"

윤우의 일침에 슬아는 얼굴을 붉혔다. 술을 많이 먹은 탓에 술병이 났던 일을 꼬집은 것이다.

"그래도 애들이 잘 챙겨줬을 거 아냐. 영문과 여신님께서 병환 중이신데."

슬아는 인상을 찡그렸다.

"그 얘긴 그만 해. 안 갈 거야?"

"가야지."

버스정류장까지 쭉 걸어온 윤우와 슬아는 버스에 올라 한국대 입구 역으로 향했다. 물론 동네에 도착할 때까지 오리엔테이션에 대한 이야기는 단 한 마디도 꺼내지 못했다.

"오늘은 또 누구 만나러 가는 거야?"

예린이 날카롭게 쏘아보며 윤우를 노려보았다. 윤우는 어깨를 으쓱했다.

"가연이 만나러 간다니까."

"이상해. 요즘 언니 만나러 갈 때는 이렇게 거울 보면서까지 꾸미진 않았었잖아? 누군가 다른 사람을 만나러 간다는 이야기인데."

쓸데없는 데에서 예리한 동생이었다. 수능을 그렇게 보면 좋겠다고 한마디 해주고 싶었지만, 윤우는 그저 웃으며 옷매무새를 정리했다.

예린의 전신거울 앞에 선 윤우는 이리저리 돌아보며 부족한 부분이 없나 확인했다. 갈색 셔츠에 베이지색 자켓을 걸쳐 학생다운 면모를 부각했다.

"그럼 오빠 나갔다 온다. 저녁 먹고 들어오니까 잘 챙겨먹어."

"알았어. 잘 다녀 와."

만반의 준비를 마친 윤우는 약속 장소인 대학로로 향했다. 버스에 오른 그는 미리 예매해 둔 티켓을 꺼내 확인했다. 연극 '지하철 1호선'의 티켓이었다.

'이거면 마음에 들어 하실 거야. 연극을 무척 좋아하시는 분이니까.'

과거 가연이와 연애를 할 때도 가끔 그녀의 어머니를 모시고 대학로에 연극을 보러 다니던 그였다. 저녁 식사에 앞서 조금 일찍 만나자는 것엔 이런 이유가 있었던 것이다.

처음 이 아이디어를 꺼냈을 때 가연은 적극적으로 찬성했다. 그리고 고맙다는 말을 했다. 아무리 좋아하는 사람이라고 해도 상대방의 부모를 챙긴다는 것은 쉽지 않은 일이기 때문이다.

윤우는 문자를 보내 지금 출발했다는 메시지를 전했다. 가연에게도 답장이 왔다. 곧 출발한다는 내용이었다.

윤우는 가연과 자주 데이트를 했던 카페에 도착했다. 목재로 인테리어 되어 있는 아늑한 곳이었다. 윤우는 창 쪽에 있는 자리를 잡고 주문을 했다.

"어서 오세요. 손님. 뭘로 드릴까요?"

"얼그레이 주세요."

"예, 감사합니다."

잠시 후 직원이 티포트와 타이머를 내왔다. 윤우는 타이머를 만지작거리며 과거의 기억을 되짚어보았다. 그녀의 어머니와 처음 만났을 때 어떤 일들이 있었는지를.

그땐 굉장히 떨렸었다. 사실 어떤 이야기를 했는지 잘 기억나지도 않는다. 사소한 질문들이 오갔고, 당황스러운 웃음을 지었던 기억밖에는 없다.

"윤우야."

가연의 목소리가 들렸다. 윤우는 재빨리 일어나 그녀의 어머니에게 인사했다.

"안녕하세요. 김윤우입니다."

"아아, 반가워요. 이렇게 시간도 내 주고. 듣던 것보다 인물이 더 훤한데?"

반가운 얼굴이었다. 가연의 어머니는 기억에 남은 마지막 모습보다 훨씬 젊어 보였다.

"예전부터 절 보고 싶어 하신다고 들었어요. 진작 자리를 마련하지 못해 죄송해요."

윤우는 고개를 숙였다.

"듣던 대로 참 예의바른 학생이네. 일단 앉아요. 앉아서 얘기 나눠요."

가연의 어머니는 만족스럽게 웃었다.

시작은 나쁘지 않았다.

윤우와 눈을 마주친 가연은 웃었지만, 한편으로는 불안했다. 나오기 전에 이상한 질문은 하지 말라고 어머니께 신신당부를 했는데 그래도 마음이 편하지가 않았던 것이다.

하지만 윤우의 언행은 그런 가연의 걱정을 말끔히 씻어줄 만큼 자연스럽고 당당했다. 그는 어떤 질문이 나와도 준비가 되었다는 듯 자신 있게 가연의 어머니를 대했다.

"일단 마실 것부터…… 밀크티 좋아하시죠? 여기 정말 괜찮아요."

"어머, 내가 밀크티 좋아 하는 건 어떻게 알았어요?"

"저번에 가연이한테 들었어요."

전생의 기억이었다. 윤우는 가끔 장모에게 고급 밀크티를 선물해 주곤 했었다.

"그래요. 그럼 그걸로 할까?"

가연의 어머니는 만족스러운 미소를 지으며 윤우를 바라보았다. 딱 봐도 윤우가 마음에 드는 것이 분명해 보였다. 키도 크고 얼굴도 제법 준수하며 인상도 밝았으니 그럴 만도 했다.

윤우가 손을 들어 종업원을 불렀다. 묻지 않아도 가연의 메뉴는 이미 정해져 있다. 그녀는 늘 이곳에 오면 같은 종류의 커피만 마신다.

"밀크티랑 케냐 더블에이 주세요. 따뜻한 걸로."

"알겠습니다. 곧 준비해 드리겠습니다."

종업원이 물러가자 가연의 어머니는 미소를 유지한 채 윤우에게 말했다.

"윤우 군은 굉장히 어른스러운 게 보기 좋네요. 활기도 넘치고."

"감사합니다. 그런데 어머니. 말씀 편히 하세요. 듣는 제가 다 불편하네요."

"그래도 초면인데……."

예상했던 반응이 나오자 윤우는 미리 준비해 둔 멘트를 꺼냈다.

"지금은 초면이지만 앞으로 자주 뵐 거잖아요. 부담 갖지 마시고 편히 대해 주세요. 아들처럼요."

당돌한 대답이 마음에 들었는지 가연의 어머니는 인자한 미소를 지어보였다. 결국 고개를 끄덕였다

가연에겐 형제가 없었다. 그래서 윤우만한 아들이 있었으면 좋겠다고 생각하던 차였다.

그것은 윤우가 전생에서 경험한 일 중 하나였다. 장모는 늘 자신을 친아들처럼 챙겨 주었다. 그랬기 때문에 윤우가 이 상황에서 그런 말들을 꺼낼 수 있었던 것이다.

"그나저나 내가 괜히 불러낸 건 아니지? 어제 학교 행사 다녀왔다고 들었는데. 많이 피곤하겠어."

"푹 자고 나와서 괜찮아요. 무엇보다도 가연이를 보니 피로가 싹 풀리는데요?"

"어머, 너도 참. 부끄러운 말을 아무렇지도 않게 하네. 너희들 정말 사이좋구나?"

가연의 어머니가 손뼉을 치며 좋아했다. 가연은 옆에서 부끄럽게 얼굴을 붉히며 그러지 말라고 손사래를 쳤지만, 윤우는 싱긋 웃기만 했다.

가연의 어머니가 다시 말을 이었다.

"그나저나 윤우는 한국대 다닌다고 들었는데, 공부를 정말 잘 했나봐. 부모님께서 자식 농사를 잘 지으셨구나. 혹시 부모님이 교직에 계시니?"

"아뇨. 아버지는 경비일 하시고, 어머니는 식당에서 일하세요."

조금 부끄럽게 생각될 수도 있는 부분이었지만 윤우는 당당히 말했다. 괜한 질문을 꺼냈다는 생각에 가연의 어머니는 난처한 얼굴을 했다.

안 그래도 가연이 팔꿈치로 어머니의 옆구리를 살짝 찔렀다.

"이거 미안하구나. 민감한 질문을 했어."

"아뇨. 괜찮습니다. 절 이렇게 훌륭하게 키워주신 부모님인걸요. 대학은 나오지 못하셨지만, 전 세상에서 누구보다도 부모님이 제일 존경스러워요."

윤우를 바라보는 가연의 어머니의 눈이 살짝 빛났다. 감탄의 눈빛이었다. 스무 살 청년이 어쩌면 이렇게 의젓할 수 있을까. 이것이 그녀의 솔직한 마음이었다.

"주문하신 음료 나왔습니다."

그때 종업원이 주문한 차를 준비해왔다. 그녀가 찻잔을 놓고 돌아갈 때까지 가벼운 침묵이 돌았다.

먼저 그 침묵을 깬 것은 윤우였다.

"저, 어머니. 드릴 말씀이 있는데요."

"혹시 가연이를 달라는 말을 하려는 건 아니지? 어머니. 가연이를 저에게 주십시오. 이렇게."

"엄마!"

가연이 화들짝 놀라며 어머니의 팔을 붙들었다. 하지만 그녀의 어머니는 한차례 웃어 보인다.

"얘는. 왜 그렇게 과민하게 굴어? 농담 좀 한 거 가지고."

어머니의 팔을 붙든 가연의 얼굴이 빨갛게 달아올랐다. 예상치 못한 농담이었지만, 윤우는 머리를 굴려 그것을 슬기롭게 받아내었다.

"언젠가는 그런 말씀을 드리겠지만 아직은 아니에요. 다른 이야기입니다. 괜찮으시면 차 한 잔 하시고 연극 보러 가실래요?"

"연극?"

"'지하철 1호선'이라는 공연인데, 아는 분한테 표를 얻어 왔어요."

가연의 어머니는 분명한 흥미를 보였다.

"어머, 그러니? 그거 좋지. 그런데 혹시 처음부터 그럴 생각으로 이렇게 일찍 만나자고 한 걸까?"

잠시 머뭇거리던 윤우는 가연이와 눈빛을 교환하더니 고개를 끄덕였다.

"어머니께서 연극 좋아하신다고 들었거든요. 마침 주말이기도 하고. 기분 전환으로 괜찮을 거라고 생각했어요."

"어쩐지, 이야기만 나누기에는 시간이 조금 이르다 싶었어. 그래. 그러자. 안 그래도 그 공연 꼭 보고 싶었거든."

그렇게 말한 가연의 어머니는 홍차에 우유를 붓고 잘 저은 뒤 한 모금 마셨다. 그리고 자애로운 미소를 지으며 속으로 생각했다. 윤우는 생각보다 괜찮은 아이라고.

그녀는 윤우를 만나기 전 품었던, 혹시나 마음에 들지

않으면 어쩌나 하는 마음을 완전히 버릴 수 있었다. 이 아이라면 자신의 딸을 믿고 맡길 수 있겠구나하는 직감이 들었다.

고개를 끄덕거린 가연의 어머니는 찻잔을 내려놓으며 인자하게 말했다.

"앞으로도 가연이랑 사이좋게 지내주렴."

"예. 명심할게요."

그 후로 세 사람은 시간 가는 줄 모르고 즐겁게 담소를 나눴다.

연극을 감상한 뒤 느긋하게 저녁 식사를 마친 세 사람은 작별 인사를 나눴다. 하지만 가연은 윤우와 조금 더 함께 있고 싶은 눈치를 강하게 보냈다.

"엄마. 나 윤우랑 좀 더 놀다 들어갈게. 먼저 들어가."

"안 그래도 빠져 주려고 했어. 엄마 그렇게 눈치 없는 사람 아니다? 그럼 윤우야. 다음에 또 보도록 하자."

"아뇨, 잠깐만요."

모든 일정이 끝났다고 해서 윤우는 방심하지 않았다. 지금이야말로 가연의 어머니에게 제대로 점수를 딸 수 있는 좋은 기회였다.

윤우는 가연의 어깨를 어루만지며 타일렀다.

"가연아. 오늘은 어머니랑 같이 들어가도록 해."

"응? 왜? 좀 더 같이 있다가 가면 안 돼?"

윤우는 가연의 머리를 쓰다듬었다. 어쩜 이렇게 사랑스러울까. 그녀는 늘 순종적이었기 때문에 이렇게 조르는 일은 흔하지 않았다.

"우리가 같이 있으면 어머니가 혼자 들어가셔야 하잖아. 그건 좀 그래. 그러니까 오늘은 어머니랑 같이 들어가."

윤우가 웃으며 말하자 가연은 어쩔 수 없이 고개를 끄덕여야 했다. 하지만 이내 미소를 지었다. 다른 사람도 아니고 자신의 어머니를 챙겨주는 그 마음씨에 감동한 것이다.

"알았어. 그럼 다음에 봐."

윤우는 돌아서 가연의 어머니를 똑바로 바라보았다. 작전은 성공했다. 그녀의 표정이 훨씬 더 밝아 보였다.

"그럼 어머니, 다음에 또 뵙겠습니다."

"그래. 오늘 정말 즐거웠다. 가끔 이렇게 셋이 만나서 이야기 나누자꾸나."

"예. 다음엔 제가 저녁 대접 할게요."

그렇게 두 모녀를 지하철역까지 배웅한 윤우는 버스를 타기 위해 근처 정류소로 이동했다.

'나쁘지 않았어. 이대로라면 가연이랑 결혼하는 것도 어렵지 않겠다. 그런데 문제는 가연이네 아버지인데……'

가연이의 아버지는 꽤 엄격한 사람이었다. 그녀가 그렇게 바르고 슬기롭게 자랄 수 있었던 것도 어려서부터 엄하게 가정교육을 받았기 때문이었다.

전생에서도 결혼 허락을 받기 위해 꽤 많은 노력을 들였던 것이 생각났다. 그의 아버지는 벌이가 시원찮은 대학원생에게 딸을 줄 수 없다며 완강히 반대했었다.

지금은 상황이 조금 다르긴 하지만 쉽게 생각할 수는 없었다. 윤우는 조만간 시간을 내어 그녀의 아버지를 만나보기로 했다. 술을 좋아하는 분이니 적당히 자리를 만들면 될 것이다.

그렇게 계획을 세워 나가는 와중에 주머니에서 진동이 느껴졌다.

'전화?'

윤우는 휴대폰을 꺼내 폴더를 열었다. 차 대리의 이름이 액정에 띄워졌다.

"차 대리님? 이 시간에 어쩐 일이세요?"

– 어쩐 일이긴. 좋은 소식을 전해주려고 전화를 걸었지.

"좋은 소식이요? 흐음, 혹시 결혼이라도 하시나요? 그것 말고는 좋은 소식이 없을 것 같은데."

차슬기 대리는 어려 보이긴 하지만 나이가 제법 있었다.

279

20대 후반. 슬슬 주변에서 결혼에 대한 압박이 들어올 나이였던 것이다.

 ─ 이 자식이 꼭 잘 나가다가…… 뭐, 말 돌리지 않고 단도직입적으로 말할게. 저번에 네가 제안한 PMP 업체 제휴 건 말이야. 대표님이 컨펌하셨어. 다음 주에 업체 미팅 두 건 잡혔고.

"잘됐네요."

걸음을 멈춘 윤우는 씨익 웃었다. 애초에 이재환 원장이 받아들일 것이라고 생각하고 있었다. 분명히 수익성이 보이는 사업이었으니까.

 ─ 뭐야. 어째 감상이 시원치가 않다? 그런데 밖이야? 주변이 꽤 시끄럽네.

"예. 약속 있어서 대학로에 나와 있어요. 이제 들어가려구요."

 ─ 팔자 좋네. 누구는 주말에도 출근해서 회의 했는데…… 아무튼 알았다. 잘 들어가고 다음 주에 보자.

"들어가세요."

전화를 끊은 윤우의 발걸음이 홀가분했다. 가슴이 탁 트인 것처럼 시원했다. 모든 일이 막힘없이 그의 계획대로 돌아가고 있었기 때문이리라.

NEO MODERN FANTASY STORY

뉴 라이프
NEW LIFE

Scene #19 한국대학교 새내기의 하루

NEW LIFE

Scene #19 한국대학교 새내기의 하루

3월 초.

겨울이 가고 봄이 찾아오는 시절이 왔다.

신선한 아침 공기를 마시며 윤우는 집을 나섰다. 오늘은 오전 9시부터 수업이 있었다. 아직 바람이 조금 서늘했지만 윤우는 자켓 하나만을 걸치고 등굣길에 올랐다.

그렇게 학교에 도착하니 8시 30분, 조금 여유가 생겼다. 갈 곳이 마땅치 않았던 윤우는 과실에 앉아 잠시 시간을 보냈다. 시간이 이른 탓에 과실엔 아무도 없었다.

명문대 과실이라고 해서 특별한 것은 전혀 없었다. 너저분하게 널려 있는 책들. 그리고 좌우 벽을 가득 메운 사물함. 컴퓨터 한 대가 놓여 있긴 했지만 제대로 작동할지는 미지수다.

'그러고 보니 나도 사물함 배정을 받아야 하는데. 신청 기간이 언제였더라?'

윤우는 이따 학과 사무실에 가서 절차가 어떻게 되는지 물어보기로 했다. 어차피 학생증을 만들어야 하니 사무실에 한 번 들르긴 해야 했다.

소파에 둘러싸여 있는 중앙 테이블에 노트 하나가 올려있었다. 겉표지에는 '날적이'라는 글자가 써져 있었다. 윤우는 그것을 손에 쥐었다.

'날적이라…… 오랜만에 보네.'

날적이는 일종의 방명록 같은 것이었다. 과실에 온 사람이라면 누구든 하고 싶은 말을 적을 수 있었다. 익명이 많았기 때문에 가끔 애틋한 글이 남겨지기도 한다.

윤우는 펜을 들어 날적이의 빈 곳을 하나 채워 나갔다. 그가 적은 말은 '보고 싶다'였다. 가연이를 향한 말이었지만 동기들과 선배들은 이 한 문장을 놓고 온갖 추측을 할 것이다.

그때 주머니에서 진동이 느껴졌다. 누군가 싶어 폴더를 열어보니 모르는 번호였다. 잠시 액정을 바라보던 윤우는 통화 버튼을 꾹 눌렀다.

"여보세요."

- 김윤우?

톤다운 된, 굉장히 진지한 목소리였다. 다짜고짜 반말을 한다는 것을 떠나서 그 한마디에 바싹 긴장이 들 정도로 박력이 있었다.

그래도 윤우는 침착하게 대응했다. 그 목소리에서 느껴지는 연륜보다 윤우가 살아온 세월이 훨씬 많았으니까.

"맞는데요. 누구시죠?"

－ 지금 소진욱 교수님 연구실로 와라. 누군지는 그때 알게 될 거야.

뚝—

"여보세……."

대답은 없었다. 일방적으로 전화가 끊겼다.

고개를 갸웃한 윤우는 일단 자리에서 일어서 소진욱 교수의 연구실로 향했다. 번호를 안다는 것은 자신과 어떤 접점이 있다는 이야기였다.

'국문과 교수일까?'

그런 의문을 떠올린 윤우는 이내 고개를 가로 저었다. 교수라고 하기에는 나이가 어려 보였고, 또 교수라면 자신을 소진욱 교수의 연구실로 부를 일도 없을 것이다.

과실은 4층에 있었다. 계단 한 층을 내려가 3층에 도착한 윤우는 소진욱 교수의 연구실을 노크했다.

문을 열고 안으로 들어가니 진한 커피향이 윤우의 코를 사극했다. 젊은 남학생이 서서 커피를 내리고 있나.

그는 나이가 윤우보다 훨씬 많아 보였다. 20대 후반 쯤 되었을까. 무테안경을 쓴 그는 굉장히 날카로운 인상이었는데, 한 눈에 봐도 성격이 보통이 아닌 것 같았다.

"저, 안녕하세요. 김윤우입니다. 혹시 전화 하신 분이신 가요?"

남자는 고개를 가볍게 까딱거렸다.

"그래. 거기 앉아라."

처음 보는 그 남자는 마치 이 연구실의 주인이라도 된 양 윤우에게 턱짓을 했다. 윤우는 별말 없이 얌전히 소파에 앉아 그 남학생을 관찰했다.

구겨진 셔츠의 옷깃. 그리고 아무렇게나 빗어 넘긴 머리카락과 피곤과 고민에 찌든 얼굴이 인상적이다. 면도를 하지 않았는지 수염이 턱 부근에 지저분하게 나 있었다.

윤우는 주어진 자료를 바탕으로 나름의 추측을 전개해 보았다.

'이 시간에 소진욱 선생님 연구실에 있다는 건 개인 조교라는 이야기인데…… 대학원생인가?'

윤우는 생각을 잠시 접어야 했다. 그 남자가 윤우의 앞에 다리를 꼬고 앉았기 때문이다. 이쪽을 바라보는 눈매가 예사롭지 않았다.

"대학원 온다고?"

남자가 물었다. 어투가 굉장히 까칠했지만 윤우는 대수

롭지 않다고 생각했다. 지난 3년간 슬아의 온갖 비아냥도 꿋꿋이 이겨낸 사람이다.

"예. 진학 예정입니다."

"그렇군. 내 이름은 송현우다. 석사 3학기고 97학번이지. 보다시피 지금은 소진욱 선생님 개인 조교야."

"선배님이셨군요. 안녕하세요."

윤우가 다시 한 번 깍듯이 인사했지만, 여전히 송현우의 얼굴은 못마땅한 기색으로 가득했다. 그는 윤우를 노려보더니 한마디 했다.

"커피 마실래?"

"네?"

"커피 마실 거냐고."

"아, 예."

송현우는 여전히 표정을 굳힌 채 자리에서 일어서 커피를 준비했다. 미리 내려놓은 커피를 잔 두 개에 나눠 하나는 윤우 앞에 내려놓았다.

'원래 이렇게 무뚝뚝한 사람인가?'

처음엔 자신에 대해 뭔가 불만을 가지고 있는 사람인 줄 알았다. 어린 나이에 뛰어난 재능을 가지고 있다는 것은 질투를 불러일으킬 수 있으니 말이다.

한데 송현우의 불친절한 태도를 지켜보니 일관성이 느껴졌다. 마치 처음부터 그런 사람인 것처럼 말이나. 늑멸히 자신에 대해 불만을 가지고 있는 것 같진 않았다.

"감사합니다. 잘 마실게요."

"내 커피도 아닌데 뭘."

다시 자리에 앉은 송현우가 커피를 한 모금 들이켜더니 말을 시작했다.

"관심 분야는 뭐야? 소진욱 선생님을 지도교수로 지목했다면 현대소설 전공은 당연한 거겠고."

"식민지 시대 대중소설입니다."

"대중소설?"

윤우는 잔을 내려놓고 진지하게 답변했다.

"과학소설이나 추리소설 같은 대중적인 장르에 대해 관심이 많습니다. 아직 그 분야에 대해서는 연구가 제대로 이뤄진 적이 없으니까요."

"흠, 확실히 그렇긴 하다만……"

하지만 송현우의 어투에서 별로 동의한다는 느낌이 들지 않았다. 그는 커피를 천천히 들이마시며 다시 이야기를 꺼냈다.

"네가 쓴 논문은 나도 읽었다. 그게 널 부른 이유기도 하고."

무슨 이유인지 대충 짐작이 갔다. 경직된 분위기를 보니 신랄한 비판이 이어지지 않을까 그런 생각이 들었다.

아무리 논리적으로 촘촘히 쓰인 논문이라고 해도 마음

먹고 꼬투리를 잡으려면 못 잡을 것도 없다. 인문학이란 사람의 숫자만큼 다양한 관점이 있는 학문이니까.

"전반적인 논지는 나쁘지 않았다만, 너의 연구가 제대로 된 가치를 얻을 수 있을지는 미지수야. 너도 알다시피 민태원을 테마로 잡은 논문은 거의 없지. 과학소설 분야는 더더욱 그렇고. 그 말은 무슨 뜻일까? 조명할 가치가 없다는 의미야."

현우는 씨익 웃으며 양손을 깍지 끼더니 이렇게 말을 덧붙였다.

"첫 단추는 제대로 끼어야지. 그 시간과 노력으로 주류 분야를 연구해 보는 건 어떨까?"

내용만 보면 조언처럼 들리겠지만 어투에는 불쾌한 비난조가 섞여 있었다.

만약 눈앞에 있는 사람이 학창시절 교무실에서 게임이나 했던 그 국어선생이었다면 바로 박살을 내버렸을 것이다. 그때는 이해관계를 따질 필요가 전혀 없었으니까.

하지만 지금은 다르다. 윤우는 차분한 표정을 지으며 생각에 잠겼다. 어찌되었든 그는 대선배였다. 자신을 '일꾼 1호'라고 분류한 서은하보다도 더더욱.

윤우는 잠시 침묵을 유지하며 어떻게 대응할지를 고민했다.

'이내도 물러난나번 앞으로 세속 반시늘 설셨시?' 여기

에서 확실히 짚어주지 않으면 곤란해질지도 모르겠는데.'

결국 윤우는 한 수 접어주려던 생각을 바꾸었다. 고개를 들고 당당히 현우를 응시했다.

윤우는 겉모습이 대학교 신입생이지만 속은 다르다. 어디 한낱 석사 나부랭이가 연구의 가치를 논한단 말인가? 차마 웃음이 나오려는 것을 애써 참는 윤우였다.

"뭔가 할 말이 있는 거 같은데?"

윤우는 고개를 끄덕여 솔직히 시인했다.

"조명할 가치가 없다는 말씀엔 동의할 수 없습니다. 오히려 남들이 하지 않았으니까 더더욱 연구를 해야 하는 게 아닐까요?"

"무슨 의미냐?"

"바꿔 묻죠. 연구의 가치는 대체 누가 정하는 겁니까?"

윤우의 눈이 날카롭게 빛났다. 질문을 예상하지 못했던 현우는 잠시 침묵하다 답변을 꺼냈다.

"우리들, 그러니까 연구자들이 정하는 거지. 주류에 끼어들 능력이 없는 자들이 도망치듯 비쥬루 분야에 관심을 돌리는 법이야. 기억해라. 넌 한국대생이라는 걸."

윤우는 그제야 웃었다. 엘리트적인 사고방식이 송현우의 대답에 고스란히 녹아 있었기 때문이다. 이런 부류의 사람은 전생에서 숱하게 만나 보았다.

"그건 일종의 폭력이 아닐까요? 소수에 대한 폭력. 연구의 가치는 수량으로 규정될 수 없는 겁니다. 그렇게 생각하기 때문에 저는 비교적 주목받지 못한 분야에 관심이 많은 거고요. 연구는 패션이 아니에요. 유행을 탈 필요는 없죠."

윤우는 엘리트 출신이 아니었다. 비주류 대학에서 성장한 학자였다. 그랬기 때문에, 윤우는 비주류 분야에 대한 관심이 그 누구보다도 높았고, 그것이 얼마나 가치 있는지를 잘 안다.

반면 한국대 출신은 엘리트다. 극도로 제도화된 교육을 받고 미리 짜인 커리큘럼 안에서 움직인다. 그랬기 때문에 그들이 주목하는 분야는 늘 유행처럼 퍼져나갔다.

윤우는 그런 게 싫었다. 연구는 유행이 아니다. 자기가 규명해내고 싶은 분야에 대한 관심이 없이, 단순히 유행을 타기 때문에 연구를 해야 한다는 근시안적인 태도가 싫었다.

'물론 선배에 대한 예의가 아니긴 하지만……'

그렇다고 해서 일방적으로 당하는 것도 바람직하지 못했다. 앞으로 송현우와는 계속 부딪힐 것이다. 자신의 생각과 주장을 온전히 전달하지 못한다면 더 큰 오해를 살 수 있을 것이다.

그랬기에 윤우는 학번의 차이에도 불구하고 송현우에게 당당히 말힐 수 있있던 깃이다.

"분야에 상관없이 눈앞에 마주한 문제에서 진리를 찾아내는 것. 그것이 연구의 본질이 아닐까요?"

"하하하!"

돌연 송현우가 시원하게 웃었다. 갑작스러운 웃음에 윤우는 깜짝 놀랐다.

"이것 참. 재미있는 녀석이군."

그렇게 운을 뗀 송현우가 씨익 웃었다.

"역시 그 정도 배포는 있어야 한국대 대학원에 올 수 있는 거겠지. 생각했던 것보다는 물건이네. 발상 자체는 애일 줄 알았는데 아니었어. 방금 했던 말은 진심은 아니었다. 일종의 '시험'이라고 할까."

거기까지 미처 생각하지 못했던 윤우는 가벼운 현기증을 느꼈다. 지나치게 깊게 생각했던 모양이다. 윤우는 어색한 미소를 지으며 한숨을 내쉬었다.

그때 현우의 눈빛이 날카로워졌다.

"그 한숨의 의미는 뭐지?"

"솔직하게 말씀드려도 되나요?"

기대로 가득 찬 미소를 지으며 현우가 고개를 끄덕였고, 윤우가 말했다.

"선배님께서 너무 엘리트주의에 빠져 계신 것 같았거든요. 걱정했는데, 그게 기우여서 다행이었다는 한숨이었습니다."

"엘리트주의에 빠져 있는 건 맞아. 다만 연구의 다양성이라는 측면에서 네 생각과 같을 뿐."

솔직한 사람이구나. 그렇게 생각한 윤우는 고개를 끄덕였다. 왠지 그에게서 신뢰감이 들기 시작했다. 긍정적인 의미로 겉과 속이 조금 다른 사람 같았다.

"아무튼 우리 연구실에 들어오려면 통과의례가 필요하지. 앞으로 4년 동안 내가 널 교육시킬 거다. 소진욱 선생님께서 허락하신 내용이니 마음 단단히 먹도록."

그렇게 말한 현우는 자리에서 일어섰다. 그리고 소진욱 교수 책상 위에 놓여 있던 서류철을 집었다. 그것을 윤우의 앞에 내려놓았다.

"이게 뭐죠?"

"한국근대단편소설 리스트다. 거기에 수록된 작품을 읽고 줄거리를 작성해 와. 베끼면 안 돼. 네가 직접 써야 한다. 기한은 다음 주 금요일 까지."

"예?"

흠칫 놀란 윤우는 서류철을 열어 내용을 확인했다. 그순간 눈앞이 깜깜해졌다. 리스트에는 척 봐도 수십 편의 작품 목록이 들어 있었던 것이다.

"세어볼 필요는 없다. 총 95작품이니까."

윤우는 순간 할 말을 잃었다.

95작품은 너무 많았다. 아무리 자신이 박사급의 지식과 경험을 가지고 있다고 해도, 읽는 시간에는 한계가 있으니까 말이다.

그래도 윤우는 어떻게든 해봐야겠다고 생각했다. 아까 송현우가 꺼냈던 시험이야기가 마음에 걸렸다. 지금 그가 내준 이 과제도 어쩌면 시험일지도 모른다. 다음 단계로 나아가기 위한.

"제가 써야 하는 줄거리의 용도를 여쭤 봐도 될까요?"

"프로젝트야."

"프로젝트요?"

송현우는 고개를 끄덕였다.

순간 윤우의 눈이 빛났다. 백은대학교 시절에서는 대학원의 규모가 작아 프로젝트를 수행할 기회가 없었다. 하지만 한국대는 다르다. BK21사업은 물론 교수들이 개인적으로 진행하는 연구가 수두룩하다.

"귀여운 녀석이네. 눈빛을 보니 하고 싶은 모양이군."

"예. 꼭 하고 싶습니다."

윤우는 진심을 담아 말했다. 그러자 송현우가 입꼬리를 올리더니 설명을 시작했다.

"우리는 한국현대문학 데이터베이스를 구축하고 있어. 데이터베이스라니까 잘 와 닿지 않지? 쉽게 말해 작가와 작품에 대한 총체적인 정보를 담고 있는 컴퓨터 프로그램을 제작하고 있다는 말이야."

그렇게 설명한 송현우는 손가락으로 윤우가 들고 있는 서류철을 가리켰다.

"그리고 그건 거기에 들어갈 기초 자료다."

"그렇군요."

"해 낼 수 있겠어? 시간이 얼마 없을 걸. 학기 초라 여기저기 술자리도 많을 거고."

순간 윤우의 머릿속으로 다양한 생각들이 스치고 지나갔다. 첫째로 가연이와의 데이트. 둘째로 이재환 원장의 인터넷 강의 사업. 셋째로 승주와의 협동 연구…….

송현우가 제시한 과제를 완수하려면 적어도 이 모든 것을 당분간은 포기해야 했다.

하지만 윤우의 고민은 길지 않았다. 이것은 분명 좋은 기회가 될 거라는 직감이 들었다.

"해 봐야죠."

"좋아. 결정이 빨라서 마음에 드는군. 그럼 부탁하지."

그렇게 윤우는 서류철을 들고 연구실에서 나섰다. 뭔가 가슴이 벅차오르면서도 서류철을 보고 있자니 앞이 막막해지는 듯한 느낌이 든다.

"어, 일꾼 1호?"

한국대 국문과에서 자신을 그렇게 부를 수 있는 사람은 서은하밖에 없다. 고개를 돌리니 안경을 낀 그녀가 눈을 동그랗게 뜨고 이쪽을 바라보고 있다.

"안녕하세요, 선배. 그런데 안경 끼셨네요?"

"응. 렌즈를 낄 때도 있고 안경을 낄 때도 있어. 왜. 이상해?"

"아뇨, 그런 건 아니고."

은하는 조용히 윤우에게 다가 오더니 그가 옆에 끼고 있던 서류철에 관심을 두었다.

"호오, 현우 오빠한테 뭔가 임무를 받았나 보구나."

"현우 선배를 잘 아세요?"

은하는 고개를 끄덕였다.

"우리 과에서 현우 오빠 모르는 사람 없을걸? 얼마나 무서운 사람이라고. 세미나 같은 거 열리면 백이면 백 다 현우 오빠한테 박살이 난다구. 나도 그랬고."

시무룩한 표정을 보니 굉장히 심하게 공격을 당했던 모양이다. 하지만 윤우도 그런 경험이 있었기 때문에 왠지 심정이 이해가 되었다. 연구자가 되려면 다 그런 아픔을 거쳐야 한다.

그런데 갑자기 은하의 얼굴이 환하게 밝아졌다.

"그래도 속마음은 따뜻한 사람이야. 겉으로는 까칠하지만 자상하다고 해야 할까? 그런 면이 있어."

"그렇군요."

"그러니까 잘 보여서 나쁠 거 없을 거야. 파이팅! 난 수업 들으러 간다."

윤우는 고개를 숙여 인사했다. 그리고 무심결에 시계를 봤는데, 벌써 8시 55분이 되어 있었다. 아차 싶었던 윤우는 즉시 2층 강의실로 잽싸게 뛰어갔다.

◈

오전 수업을 마친 윤우는 국문과 과실 앞에서 우연히 슬아와 마주쳤다. 알고 보니 영문과 과실이 바로 옆에 있었다. 이 또한 기막힌 우연이었다.

팔짱을 낀 슬아는 못마땅한 표정으로 윤우를 바라보고 있다.

"연락이 왜 그렇게 안 돼?"

그 말에 윤우는 휴대폰을 꺼내 보았다. 부재중 전화 두 건에, 메시지도 세 통이 와 있었다. 가연이의 것도 있었지만 슬아의 것도 분명히 있었다.

"아, 미안. 오전에 선배한테 붙들려 있었어. 그리고 곧장 수업에 갔고. 도저히 전화를 받을 상황이 아니었다."

"그래?"

못마땅한 표정을 지었던 슬아였지만, 이내 표정이 풀어졌다. 문득 그녀도 많이 변했다는 생각이 들었다. 예전이었다면 내내 불쾌한 표정을 지어보였을 텐데.

"그런데 봉선은? 나 지금 점심 먹으러 가야 하는데."

"누구랑?"

"누구긴 누구야. 과 친구지."

딱히 약속을 한 것은 아니지만 과실에서 승주가 기다리고 있었다. 그리고 소영이도 시간이 괜찮으면 다 같이 함께 먹자고 했다.

"그래? 괜찮으면 같이 점심 먹어주려고 했는데……."

"다음에. 친구들 기다리고 있거든. 그래도 넌 같이 먹을 사람 줄 서지 않았어? 선배들이 사주겠다고 난리일 것 같은데."

"안 그래도 피곤해. 일일이 상대해 주기도 귀찮고……."

슬아의 표정에서 진심이 느껴졌다. 하긴, 그녀의 외모라면 따라붙을 남자들이 수두룩하니까.

그때 승주와 소영이가 함께 과실 밖으로 나왔다. 그리고 윤우에게 물었다.

"김윤우. 점심 먹으러 안 가?"

"같이 가."

그러자 슬아는 어쩔 수 없이 윤우를 놓아 주어야 했다.

"아무튼 알았어. 점심 맛있게 먹어."

그렇게 슬아는 돌아서 영문과 과실로 들어갔다. 뒷모습이 조금 쓸쓸해 보였지만, 윤우는 이미 친구들과 함께 어울리고 있었다.

"누구였어?"

승주의 물음에 계단을 내려가던 윤우는 그게 무슨 말이냐는 듯 그를 바라보았다. 하지만 곧 그의 의도를 알아챘다.

"난 또 뭐라고. 고등학교 동창이야. 영문과 다니고."

그러자 옆에 있던 정소영이 거들었다.

"완전 미인이던데?"

"그러게."

익숙한 반응이었다. 윤우는 싱겁게 웃으며 대답했다.

"신은 공평하다고 해야 할까. 예쁘긴 한데 성격은 좀 까칠해."

하지만 두 사람은 별로 신뢰하는 기색이 아니었다. 확실히 그럴 만도 했다. 외모만 놓고 봐도 슬아는 반칙이라고 생각할 정도로 예뻤으니까.

정소영이 뜬금없이 한숨을 내쉬며 말했다.

"휴우, 윤우 근처엔 예쁜 애들이 많구나. 그러고 보니 윤우 여친도 되게 이쁘던데……."

"너도 윤우 주변에 계속 있어라. 그럼 절로 예뻐지지 않을까?"

"야!"

화를 버럭 낸 소영은 승주의 등짝을 사정없이 후렸다. 승주는 짧고 굵게 비명을 질렀다. 그럼에도 화가 풀리지 않았는지 소영은 씩씩거리며 승주를 노려봤다.

승주는 두 손바닥을 보이며 소영을 진정시켰다. 그리고 재빨리 화제를 돌렸다.

"그, 그런데 윤우 여친이 학교에 온 적 있었나? 얼굴은 어떻게 봤어?"

"흥. 뭐, 사진으로 봤어."

소영이 마지못해 대답했다.

곧이어 승주의 추궁이 이어졌고, 귀찮은 건 딱 질색이었던 윤우는 지갑을 꺼내 가연의 증명사진을 보여주었다.

청아한 느낌이었다. 이목구비가 뚜렷하고, 긴 머리카락이 어깨 위로 살포시 내려앉아 있다. 뽀얀 피부가 마음을 절로 설레게 하는 그런 사진이었다.

승주는 나지막한 탄성을 질렀다.

"오, 정말이네. 이 녀석, 전생에 나라라도 구했나. 이렇게 예쁜 애가 여친이라니."

"나라 정도가 아니라 지구를 구했을 거야."

소영의 농담에 승주는 고개를 끄덕여 동의했다. 윤우는 그저 씁쓸히 웃으며 지갑을 닫을 뿐이다.

그렇게 세 사람은 인문관 밖으로 나왔다. 목적지는 학생식당이었다. 걸어서 10분 정도를 걸어야 한다.

점심 무렵이라 그런지 밖으로 나오는 학생들이 많았다. 팔뚝만 한 물고기들이 물길을 따라 휘도는 자하당 옆길을 걸으며 승주가 물었다.

"그런데 아까 얼핏 들었는데, 그 영문과 친구 말이야. 같이 점심 먹자고 한 거 아니었어?"

윤우는 고개를 끄덕였다. 그러자 의아한 표정으로 고개를 갸웃한 소영이 물었다.

"왜 같이 안 먹고?"

"너희들이 있잖아. 그리고 굳이 같이 먹을 이유도 없고. 걔는 인기 많아서 같이 먹을 사람 널리고 널렸을 거야."

곰곰이 생각하던 소영이가 고개를 갸웃했다.

"오히려 그 반대가 아닐까?"

"그게 무슨 말이냐?"

소영은 검지를 입술에 올리며 말했다.

"같이 먹기 불편한 사람들이 있을지도 모르잖아. 추근 댄다거나 그러면 얼마나 불편하겠어? 나라면 밥 먹다 콱 체하겠다. 그래서 너에게 도움을 청한 게 아닌가 싶은데? 여자애들 가끔 그럴 때 있거든."

거기까지는 미처 생각하지 못했던 윤우였다. 소영의 지적은 나름 타당한 구석이 있었다.

"그럴 수도 있겠네."

"지금이라도 안 늦었어. 불러서 같이 먹는 게 이때? 우린

괜찮아. 친구 만드는 셈 치지 뭐. 다른 과 친구 알아놔서 나
쁠 거 없으니까."

승주도 동의한다는 듯 고개를 끄덕였다.

"맞아. 과제할 때 도움을 받을 수도 있고."

"그래, 바로 그거지."

승주와 소영은 서로 죽이 잘 맞았다. 그렇게 주거니 받
거니 하더니 서로를 보며 씨익 웃는다. 그렇게까지 말이
나온 마당에 윤우는 가만히 있을 수는 없었다.

그 길로 슬아에게 전화를 걸었다.

"어서 와라."

윤우가 먼저 인사를 건네자 슬아가 고개를 끄덕였다. 그
리고 식판을 내려놓고 맞은편에 앉았다. 슬아는 된장국과
불고기가 메인인 B코스였다.

그 옆에는 정소영이, 그리고 윤우의 옆에는 승주가 있
다. 두 사람은 마치 연예인을 보기라도 하는 것처럼 슬아
를 뚫어져라 쳐다보았다.

"와, 가까이서 보니까 대박 예쁜데."

"그러게. 연예인해도 되겠다."

주변에서 칭찬이 쏟아져도 슬아의 표정은 조금도 변하

지 않았다. 마치 주변에 아무도 없는 것처럼, 윤우를 바라
보며 이렇게 물을 뿐이다.

"왜 마음이 바뀐 거야?"

"내가 너무 매정했던 것 같아서. 같이 밥 한 끼 정도는
먹을 수 있잖아."

"별일이네."

그렇게 말한 슬아는 수저를 들고 국을 한 수저 떴다. 그
때 뭔가 생각났다는 듯 다시 수저를 내려놓고 고개를 들었
다. 승주와 소영을 번갈아 바라보며 입을 열었다.

"소개가 늦었구나. 내 이름은 윤슬아. 윤우에게 들었겠
지만 영문과야."

"반가워. 난 김승주. 국문과야. 현역이고."

"이하동문. 정소영이라고 해. 그런데 넌 어쩜 그렇게 예
쁘니? 비결이 뭐야?"

"딱히 생각해 본 적은 없는데."

냉정하게 딱 자르는 그 특유의 냉소에 소영이 질린다는
표정을 지으며 윤우에게 눈치를 주었다. 윤우는 그저 어깨
를 으쓱거릴 뿐이었다.

그렇게 그들은 가벼운 이야기를 주고받으며 식사를 시
작했다. 친하지 않은 사람이 껴있어서 그런지 슬아는 한
마디도 꺼내지 않았다.

소영이의 눈에 그 모습이 이상해 보였나 보다. 소영은

지나가는 투로 한마디 했다.

"그런데 두 사람, 별로 안 친해 보인다."

"우리 둘?"

그렇게 되물은 윤우는 문득 궁금해졌다. 슬아가 자신을 어떻게 생각하고 있는지 말이다.

중학교 때까지만 해도 두 사람은 친하지 않았다. 친하지 않은 정도가 아니라 사이가 안 좋은 편에 속했다. 슬아가 윤우를 은근히 따돌렸었으니까.

하지만 그 관계는 두 사람이 고등학교에 진학을 하며 역전되었다. 윤우가 내신으로 슬아를 앞서기 시작했고, 또 함께 학생회장 선거에 출마하며 사이가 가까워졌다.

학생회 임원으로 활동하면서 두 사람의 사이는 굉장히 친밀해졌다. 행사가 있을 때 늘 함께 움직였고, 수시로 의견을 교환했다. 그러다보니 함께 있는 시간이 그만큼 늘어났다.

두 사람이 서로 사귀는 게 아니냐는 소문이 퍼지는 것은 시간 문제였다. 슬아는 모르지만 윤우는 굉장히 난처했다. 그 소문이 가연의 귀에 들어갈 수도 있었기 때문이다.

아무튼 지난 세월을 돌이켜보면, 두 사람은 비교적 굉장히 짧은 시간 안에 관계가 급속도로 가까워졌다고 볼 수 있었다.

그랬기에 윤우는 슬아와 친하다고 생각했다.

하지만 슬아의 생각은 다를 수도 있다.

과연 그녀는 자신을 어떻게 생각할까? 그런 의문이 든 윤우는 지나가듯, 한편으로는 진지하게 질문을 던졌다.

"글쎄. 난 친하다고 생각하는데. 윤슬아 넌 어때?"

그 질문에 슬아는 숟가락질을 멈추고 윤우를 바라보았다. 그러더니 한숨을 내쉬었다.

"넌 친하지도 않은 사람이랑 같이 학교에 다니고, 점심을 먹자고 하나 보구나."

"친하면 친하고 안 친하면 안 친하다고 하면 되지 말을 왜 그렇게 꼬아?"

"친해. 아주. 이제 됐니?"

윤우는 흡족한 미소를 지었다. 내심 안 친하다며 정색하면 어쩌나 걱정을 했는데 다행이었다.

한편 아까부터 계속 슬아의 미묘한 표정변화를 관찰하던 소영은 뭔가 의미심장한 미소를 지었다. 그러더니 앞에 있던 승주에게 무언가 귀엣말을 했다.

그러자 승주의 눈이 둥글게 커졌다.

"뭐라고?"

"쉿. 조용해."

그런 어색한 상황을 본 윤우가 가만히 넘어갈 리가 없다.

"무슨 얘기를 그렇게 수상하게 하는 건네?"

"아니, 아무것도 아냐. 그럼 우린 다 먹었으니 먼저 일어날게."

천진난만하게 웃은 소영은 승주를 이끌고 퇴식구로 향했다. 슬아가 아직 식사를 다 하지 못했기 때문에 윤우는 어쩔 수 없이 자리에 남아 그녀가 다 먹을 때까지 기다려 주었다.

"친구들 따라 가. 나 신경 쓰지 말고."

"됐으니까 신경 쓰지 말고 천천히 먹어."

숟가락질을 멈춘 슬아는 윤우를 바라보며 미간을 살짝 찌푸렸지만, 이내 다시 식사를 시작했다.

윤우가 물었다.

"그런데 무슨 강의 들어? 다음 시간 공강이야?"

"문학개론."

"어? 문학개론? 나도 그거 듣는데."

슬아는 별 관심 없다는 듯 고개를 끄덕였다. 식사를 끝냈는지 숟가락을 내려놓고 물을 한 모금 마셨다.

"이상하네. 너 문학에 관심 있었던가? 내 기억으로는 분명 싫어하는 과목이었는데."

"그냥 마땅히 그 시간에 넣을 교양이 없어서 그랬어. 왜, 불만이니?"

"아니, 그런 건 아니고……."

"가자. 다 먹었어."

슬아가 일어나자 윤우도 뒤따라 일어났다. 그렇게 두 사람은 식판을 내려놓고 식당을 나섰다.

문학개론 수업이 열리는 강의실을 찾은 윤우는 좌측의 맨 구석으로 자리를 잡았다. 슬아도 자연스레 그 옆에 앉았다.

"배부르니 졸리네."

윤우가 혼잣말했다. 그러자 윤우를 힐끔 본 슬아는 가방에서 캔커피를 하나 꺼내 윤우에게 건넸다.

"마실래?"

"오, 땡큐. 마침 생각났는데 잘 됐다."

윤우는 슬아가 준 커피를 홀짝이며 오전에 송현우가 준 서류철을 꺼냈다. 어차피 첫 시간이라 제대로 된 수업은 하지 않을 것이다.

윤우는 페이지를 넘기며 어떤 작품들이 있나 꼼꼼이 살펴보았다.

'그나마 예전에 읽었던 소설들이 많구나. 다행이네.'

작품이 아니라 작품 목록만 받았기 때문에 소설 텍스트를 직접 구해서 읽어야 했다. 다행히 작가별로 정리가 되어 있어 진급류로 제출을 하면 될 것 같았다.

'도서관에서 대출을 하려면 임시 학생증을 발급받아야 하나? 이따 학과 사무실에 들러봐야겠는데.'

그런 생각을 할 무렵 슬아가 물었다.

"그건 뭐니?"

"프로젝트 과제야. 선배가 해 오라고 시켜서."

"벌써 프로젝트를 해?"

"음, 어쩌다보니 그렇게 됐어."

확실히 빠르긴 했다. 오늘 개강을 했는데 선배에게 프로젝트 과제를 받아 왔다는 건 쉽게 상상할 수는 없는 일이었으니까. 바꿔 말하면 그만큼 윤우가 능력이 있다는 것이었다.

슬아는 새삼스러운 눈으로 윤우를 바라보았다. 그는 여전히 서류철에 집중하고 있어 그런 슬아의 눈빛을 느끼지 못했다. 이내 슬아의 입가에 미소가 걸렸다.

그녀의 얼굴에서 쉽게 볼 수 없는 그런 미소였다. 하지만 윤우는 그 미소를 보지 못했다.

"95개 작품을 읽고 줄거리를 정리해야 해. 끔찍한 양이지."

"그러네."

"도와줄래?"

"그럴까?"

윤우는 깜짝 놀랐다. 당연히 내가 왜 도와줘야 하냐는

비아냥이 나와야 하는데, 그녀가 선뜻 도와주겠다고 말한 것이다. 윤우는 눈을 깜빡거리며 슬아를 바라보았다.

"아, 아니. 그냥 해본 소리야. 이건 내가 해야지. 내 과제니까. 아무튼 말이라도 고맙다."

"줄거리 정리 정도는 나도 할 수 있어. 도움이 필요하면 도와줄게. 너 안 그래도 바쁘잖아. 이재환 원장님께 들었어. 사업 도와주고 있다고."

"괜찮아. 내가 할게."

그렇게 깔끔하게 마무리를 한 윤우는 다시 서류철에 집중했다.

◈

그날 강의는 싱겁게 끝났다. 하지만 윤우는 마음이 바빴다. 임시 학생증을 학과 사무실에서 발급받은 다음 곧장 중앙도서관으로 달렸다.

그런데 문제가 생겼다. 아직 학적 정보가 중앙도서관 시스템으로 옮겨오지 않아 도서 대출이 불가능하다는 답변을 받은 것이다. 담당 사서는 도서관 내에서 열람만 가능하다고 말했다.

그러나 윤우는 포기하지 않았다. 국문과 소진욱 교수의 프로젝트에 참여하고 있고 시기에 이용해야 일 책을 꼭 빌려야 하는 상황을 상세히 설명했다.

처음엔 사서가 대출이 불가능하다는 입장을 고수했지만, 윤우의 끈질김에 두 손을 들고야 말았다. 그는 소진욱 교수에게 직접 연락해 대출을 허가하겠다고 통보했다.

그렇게 책을 한가득 안고 집으로 돌어온 윤우가 가장 먼저 한 일은 차슬기 대리에게 전화를 건 일이었다.

– 당분간 못 나온다고?

"예. 그렇게 됐어요. 죄송합니다."

– 하여간 신입생이란…… 부어라 마셔라 아주 즐겁지? 대표님이 예뻐한다고 너무 막 나가는 거 아냐?

윤우의 얼굴이 난처해졌다. 차 대리라면 저런 말을 하고도 남을 것 같았다.

"그런 거 아녜요. 정말 사정이 안 좋아서 그래요."

수화기 너머로 풋 하는 웃음소리가 들렸다.

– 알았어. 어차피 너 바쁠 거라는 건 예상하고 있었으니까. 이번 주에 업체 미팅 잡힌 건 알지? 결과는 메일로 알려 줄 테니까 그렇게 알고 있어. 잘 되길 기도해라.

"예. 감사합니다."

전화를 끊은 윤우는 한숨을 돌렸다. 이제 특별한 일이 생기지 않는다면 다음 주까지 일에 집중할 수 있다.

하지만 책상에 잔뜩 쌓인 책을 보니 도로 한숨이 나왔다. 저 괴물들을 도대체 어떻게 처리해야 할지 눈앞이 캄

캄해졌다.

'일단 시원한 것 좀 마시고 시작을 해 볼까?'

새롭게 마음을 다진 윤우는 방에서 나와 거실로 움직였다.

그런데 윤우는 우뚝 걸음을 멈춰야 했다. 너무나 놀라 입을 슬쩍 벌린 채 할 말을 잃었다.

거실엔 슬아가 있었다. 윤슬아. 윤우의 동창이자 대학교 동기인 그 윤슬아가 말이다.

"뭐야 너……."

슬아는 예린이 옆에 앉은 채 도도한 눈으로 자신을 바라보았다. 자그마한 미소를 지으면서.

〈3권에서 계속〉

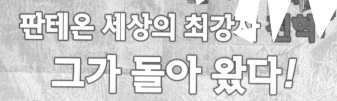

판테온 세상의 최강자 진혁
그가 돌아 왔다!

귀환 마이스터

서야 현대 판타지 장편소설

드디어…… 돌아 왔다!

100년만에 자신의 집으로 귀환하게 된 진혁의 첫 마디!

약간의 오차로 인해 판테온으로 가
10년 전으로 시공을 넘어 온 진혁은
모든 것의 시작이었던 아버지의 실종사건이
음모의 시작임을 알게 되고
아버지를 구하고 가족들을 지키기 위해
절대자였던 판테온에서의 능력을
조금씩 회복해 나가며 100년 전 현실의
잃어버린 사실 밝히기 시작하는데!